魔法少女
成計画
ACES
遠藤浅蜊
Endou Asari
illustration
マルイノ

うるる
嘘をつくのが
とても上手いよ
中野《なかの》宇宙美《ソラミ》
封を切らずに
中身が分かるよ
MAGICAL GIRL'S
プレミアム幸子
誰かを少しの間
すごくラッキーにするよ
パトリシア
魔法の手錠で
どんな敵でも
無力化するよ
アーマー・アーリィ
攻撃を受ければ受けるほど強くなるよ

グラシアーネ
魔法の眼鏡で
いろんな場所が見えるよ
ブルーベル・キャンディ
気分を変える魔法の
キャンディーを作るよ
ダークキューティー
影絵を本物みたいに
動かすことができるよ
物知りみっちゃん
手にした物を別の物に
変えられるよ
CQ天使ハムエル
頭の中に直接話しかけるよ

プリンセス・デリュージ
氷の力を使って敵と戦うよ
プフレ
猛スピードで走る
魔法の車椅子を使うよ
スノーホワイト
困っている人の心の声が
聞こえるよ
シャドウゲール
機械を改造して
パワーアップできるよ
シャッフリンII
マークや数字によって
能力が変わるよ
リップル
手裏剣を投げれば
百発百中だよ

魔法少女育成計画

ACES

Presented by
遠藤浅蜊
Endou Asari

illustration
マルイノ

このラノ文

CONTENTS

イラスト：マルイノ
デザイン：AFTERGLOW

Go ahead!!

プロローグ

護《まもり》は庚江《かのえ》に疑われている。疑いは日々強さを増しているように思える。

魚山《ととやま》護は人小路《ひとこうじ》庚江に隠し事をすることができない。庚江は他人の表情から心の動きを読み取る。家族よりも高い頻度《ひんど》で顔を合わせてきた護の表情から感情を読み取る程度、朝飯前の更に前、目を瞑《つぶ》ったままでもしてのける。

隠し事をしているということが知られたと悟った時、これまでの護はすぐに白旗を上げた。抵抗するだけ無駄であるということは経験則で知っていたからだ。プレッシャーに抗《あらが》い切れずどこかで降伏するとわかっているなら、さっさと諦《あきら》めた方がいい。

しかし今回に限っては白旗を上げるわけにはいかない。

先日、人小路邸の離《はなれ》に賊《ぞく》が押し入った。人小路庚江——魔法少女「プフレ」は、魔法少女の中でも高い地位を持っているらしい、ということは護も知らされていた。

偉い人のところに賊が入った、ではしっかりと捜査しよう、ということになるのは必然だが、プフレはこれには裏があると直感した。捜査を名目に、プフレの秘密を探ろうという魂胆《こんたん》を持った何者かがいる、ということだ。

さらにプフレは、賊のやり口に不自然さを感じていた。どうやら単なる権力争いの延長で、プフレを追い落としたいというだけではなさそうだ。悪い事をしている人間は、特に人小路庚江という人間は、こういう時に勘がいい。

プフレが着手していた「人造魔法少女計画」は「魔法の国」の根幹を揺るがしかねない大事であり、これを狙ってきたものではないか、と考えた。どこからか計画を知った者がいて、捜査に口出しできるだけの権力を持っているのならば、捜査資料として全てを押収した後こっそりと自分のものとすることができる。プフレにとって、それだけは避けねばならないことだった。

プフレの決断は早かった。

捜査に先駆けて後ろ暗い行為の証拠となる物全てを処分、さらにあらゆる裏仕事に関わる「自分の記憶」を魔法で取り出し、清廉潔白《せいれんけっぱく》な人物として正々堂々捜査を受け入れた。隠蔽《いんぺい》工作のお蔭《かげ》で悪事は露見することなく、無事にやり過ごすことができた。

同時に、「人造魔法少女計画」の全て、その技術から現在の成果までを、匿名で公開した。もちろん、プフレと計画を結びつける証拠は何一つ残さないままだ。当然のように大騒ぎになったが、これにより誰かが不正に技術を独占する、という事態には陥らなかった。

一連の隠蔽工作の中で、護——魔法少女「シャドウゲール」は、重要な役割を引き受けることになった。

護はプフレの記憶の結晶を預かり、というか押しつけられ、事が全て解決してから記憶を返すように、と言い含められていた。

記憶さえ隠しておけば当座は切り抜けられるというプフレの読みは途中まで正解ルートを辿ったが、預かっていたプフレの記憶をこっそりと見た護は、これは返してはならないものだと判断した。護は思い悩んだ結果、別の魔法少女、「魔法少女狩り」の異名を持つスノーホワイトにそれを託した。プフレは記憶を失ったまま、違和感を持ち続けたまま、今日を暮らしている。

これが魚山護――魔法少女「シャドウゲール」の隠し事だ。

プフレがやろうとしていたこと全てが悪いとは思わない。理想を持ち、澱《よど》み腐った「魔法の国」を変えようと、心血を注いでいるのは間違いない。

しかしプフレは目的のためには手段を選ばない。百人の魔法少女候補と力を合わせて悪の魔法少女に挑むよりも、悪の魔法少女に従って百人を殺す方が効率がいいと思えば迷わず後者を選ぶ。プフレが目的に近づけば近づくほど犠牲が増える。誰かが止めなければならない。止められるのは記憶を預けられたシャドウゲール以外にいなかった。

止めるのは犠牲者のためだけではない。目的に向かって邁進《まいしん》する庚江は、護から見てもひどく危なっかしい。今回の事件を乗り切ったとしても、いずれどこかで脱線横転することは目に見えていた。自分の記憶を誰かに預けなければならない、というところまで追いこまれたことは、その一歩前どころか半歩前くらいにまで来ていると考えていい。

ともかく、護は庚江に記憶を返すつもりは無かった。今回だけは、どれだけプレッシャーをかけられようと、狡猾《こうかつ》な罠《わな》が待ち構えていようと、どうしようもなくなったら最悪舌を噛み切る覚悟で「絶対にいわない、記憶は返さない」と己《おのれ》に誓った。

記憶の齟齬《そご》は可能な限り無い状態にされているにもかかわらず、庚江は不自然さを感じている。だが、未だその程度に留まってくれている。かまをかけたり、物で釣ろうとしたり、様々な手段を用いて護の「隠し事」を探っていたが、護はけっして口は割らなかった。

問題はここからだ。護がどれだけ口を噤《つぐ》んだところで、庚江が推測と洞察から現状を割り出さないとは限らない。限らない、というより、その時は迫りつつあると考えていい。

記憶を返さないというのは姑息的な方法でしかなく、結局はただの先送りだ。下手にプフレの記憶がないせいで、離を賊に襲わせた連中の出方次第では、より危険性が高くなってしまっている。なにかしなければと考えても良い策は思いつかない。良い策を思いつきそうなのは庚江だったが、庚江にだけは相談するわけにはいかない。

魔法少女「シャドウゲール」の交友関係は狭い。人脈なんて無いに等しい。知り合いと呼べる範囲でさえ片手で数えることができるほどしかいない。プフレの企《たくら》みに加担しているかもしれない者を除けば更に数が減る。

クランテイルはできるだけこういうことに関わらせたくない。誰かを騙す、誰かを陥《おとしい》れる、そんな穢《けが》れに近寄ることなく、動物学者になって欲しい。

となると相談できそうな相手はスノーホワイトしかいなくなる。まるで巻きこむために
スノーホワイトに記憶を預けたような形になってしまい、申し訳なくて消えてしまいたく
なるが、どう考えても他に相談できそうな相手がいない。

スノーホワイトにメールを送ろうとしては消す、ということを繰り返し、いよいよ追い詰められつつあったある日のこと。庚江に呼び出されて中庭に向かうと、そこにはプフレに変身した庚江ともう一人、見たことのない魔法少女が隣り合って座っていた。

「こちらはパトリシア。パトリシア、彼女が護だ」

「どうもどうも、よろしくね」

「ああ、はい、よろしく……お嬢、こちらの方は？」

「今いっただろう。パトリシアだよ」

「いや、そうじゃなくてですね」

「君の護衛をしてもらうことになったから」

「はい？」

プフレは語った。離が賊に襲われた事件は未だ解決せず、実行犯すら捕まっていない。

離の入口は黄色いテープで封鎖され、警護という名目の魔法少女が今日も人小路邸に派遣

されている。おまけに護はなにやら隠し事をしているらしく、全てが不穏だ。

いいたいことをいいたいようにいってプフレは口元を緩めた。

「だから君にも護衛をつけようと思う。なにが危険なのかさえよくわからないからね」

パトリシアは元気よく右手を差し出し、護は呆然としながらもそれに応じ、あまりにも力強く握り締められたせいで顔をしかめた。

第一章　Hot Start

◇ファル

「国の成り立ち」というものが、その国の記録に残っていることは当然ではある。だが、それが正しい記録であるかということを保証できる者がいったいどれだけいるだろう。都合の悪いことは省かれ、修正され、ひょっとすると全く逆方向に捻《ね》じ曲げられ、後ろ暗さも疚《やま》しさも一切存在しない正当な国家であることが記されているのではないだろうか。

「魔法の国」の成り立ちについては、以下のように記されている。

ありとあらゆるものを生み出した最初の魔法使いがいた。魔法使いは三人の弟子を生み出し、自分の知っていること、できることの全てを三人の弟子に教え授けた。三人の弟子は師の教えに従って一つの世界を作り、そこを拠点として様々な世界と交流を深めた。三人の弟子と弟子達が作った世界が立派に成長したことを確認し、最初の魔法使いは大変に満足した。これならばもはや自分は必要ないだろうと考え、三人の弟子達に全てを託し、最初の魔法使いはどこへともなく去っていった。

建国のエピソードに絡んだ重要人物が未だ存命中というのは珍しいパターンといえるが「これは本当にあったことなんだよ」と語る者が自称当事者の三賢人《さんけんじん》しかいないのであれば、やはり信頼できるかどうかは怪しくなってくるのではないだろうか。

とはいえ事の真偽は然程《さほど》重要ではない。重要なのは、三賢人と呼ばれる三人の魔法使いが「魔法の国」にとっては建国の英雄兼最高権力者であり、一魔法少女が逆らってもいい存在ではない、ということだ。

ファルは酷く緊張していた。電子妖精タイプのマスコットキャラクターでなければ汗をかき口中は乾いていたことだろう。眩暈《めまい》でくらくらしてストレスで吐き戻していたかもしれない。スノーホワイトは緊張している様子がない。心拍数が多少上昇しているものの、許容範囲内だ。程よく気を張っている、くらいのものだろう。

外から見るとただ大きく豪奢《ごうしゃ》なだけ、しかし中に入ってみると奇妙極まる日本家屋《かおく》だった。体重をかけると僅《わず》かに軋《きし》む板張りの廊下、仄《ほの》かな光を外に漏らす障子戸が並び、太い床柱には小さな傷、畳は青く、まだいぐさの匂いが残っている。庭には砂利が敷き詰められ、白い飛び石が砂利の上を横断していた。砂利の色は赤青白黒緑黄メタリックカラーや蛍光色とバリエーションに富み、目に悪い。石灯籠《いしどうろう》ではなく逆さまにしたトーテムポールのようななにかが乱立し、人間が十人がかりで手をつないでようやく幹を一周できるかできないかという巨大な樹木、ユグドラシルとか世界樹とか呼ばれそうな大木が庭木として植えられている。塀の外からこんな大木は見えなかった。これだけ大きければ五キロ先からでも見えるはずだ。普通なら。

ここが常識の範囲から外れている場所である、というのがそれだけでよくわかる。そういった場所を住処《すみか》としている者に呼び出されている。相手が三賢人という立場にいるため、スノーホワイトには断る術《すべ》がない。

「どうぞどうぞぉ」

卓袱台《ちゃぶだい》の前に正座しているスノーホワイトに、この家の主が声をかけた。卓上には、コーラのつがれたコップとポテトチップスでいっぱいの菓子鉢が並んでいる。

先日、スノーホワイトはグリムハートという魔法少女を出し抜いた。直接傷つけたわけではない。それは直接傷をつけられないような魔法を使われたからで、できることなら直接傷つけてしまいたい相手だった。とはいえ直接傷つけなくともグリムハートは良い目を見なかった。スノーホワイトに出し抜かれ、その後逮捕、護送中に「事故死」した。実際どのようなことになったのかはわからないが、ファルでも閲覧《えつらん》できる「魔法の国」の資料にはそう記されている。

グリムハートは三賢人の一人「シェヌ・オスク・バル・メル」の「現身《うつしみ》」だった。そして、今、スノーホワイトを呼び出したのは三賢人の一人「アヴ・ラパチ・プク・バルタ」

の現身という魔法少女「プク・プック」だ。三賢人の現身が呼び出したということは、つまり三賢人がスノーホワイトを呼び出したも同然だ。

スノーホワイトはコーラにもポテトチップスにも手を付けようとしない。卓袱台を挟んで座る少女をじっと見ている。

魔法少女としても見た目が年若い。小学校以下。幼稚園の年中か、年少くらいか。足は崩れて胡坐《あぐら》もどきで分厚い座布団に座っている。白いトーガに黄金色の巻き髪というコスチュームからは、なんとなく神々《こうごう》しさのようなものを感じた。表情は無邪気な笑顔で、つい誘われそうになる和《なご》やかさがあるが、スノーホワイトの表情は硬いままだ。追従《ついしょう》で笑うとか愛想を振りまくとか、そういうことをしない魔法少女ではあるが、相手の立場を考えればせめて今日くらい愛想よくしてもいいんじゃないかとファルは思う。

「食べないの？」

「それでお話とは」

ヒヤヒヤする。相手がいい終わるか終わらないかというタイミングで割りこんだ。用件以外では会話をするつもりなどないという表明にも思える。目の前の少女はそんな態度を目にしてもまだにこにこと笑っていた。

「好きなお菓子、教えてくれたら用意しておくね」

「なんのご用事でしょうか」

庭の方で鹿威《ししおど》しの高い音が鳴った。

「えっと……プクはスノーお姉ちゃんと仲良くなりたくて」

「どうして私は今日この場に呼び出されたんでしょうか」

襖《ふすま》の向こうで魔法少女が動いた。見えているわけではない。レーダーで探知している。スノーホワイト、目の前にいる魔法少女「プク・プック」、そして襖の向こうに控えている魔法少女が一名。恐らくはプク・プックの配下だろう。主になにかあればおっとり刀で駆けつけて問題を排除する。

それが動いた。ファルの緊張は高まり、スノーホワイトに「もうちょっと優しく、相手を敬《うやま》っている感じで話した方が」くらいの注意をすべきか、それとも会話している最中に口を挟むのは更なる無礼に当たるんじゃないか、といったことが浮かんでは消える。

「プクはね、スノーお姉ちゃんと仲良くなりたかったの」

卓袱台に上半身を乗り出し、上目《うわめ》づかいでスノーホワイトを見ている。スノーホワイトの心拍数が上昇した。

「あのね、それでね」

「私はなんのために？」

表面上はなんら変わらない。だがスノーホワイトの心拍数が上がっている。

「だからね、プクはね」

「なにをすればいいいんでしょうか」

「……ううん」

プクは中指で頭をかいた。言葉の通り、心から困っているように見える。スノーホワイトの魔法「困っている人の心の声を聞く」であれば嘘を見抜くこともできるはずだ。

「お互いのためになることだと思うの。お姉ちゃんはグリムハートをやっつけたでしょ」

やはりその関係か。

「オスク派としてもお姉ちゃんをマークするでしょ。マークだけじゃなくて、もっと酷いことをするかもしれないでしょ。でもね、プクとお友達になってくれれば、お姉ちゃんを助けてあげられるし守ってあげられるのよね」

後ろ盾《だて》になってやるから自派閥に入れと勧誘されている。ふんわりとした言葉を使ってはいるが、内容はそれなりに生臭い。

生臭いなりに信じても良いのではないかと思った。敵派閥に大きなダメージを与えた有能な魔法少女を自派閥に組みこみたいという動機はわかりやすい。それにプク・プックの言葉は舌足らずながらも、なんとなく信用できる。

「それにね、お姉ちゃんが友達を探すお手伝いもできるよ」

確かに、スノーホワイトは行方不明の魔法少女「リップル」を探している。しかし、それはあくまでも個人的な捜索だ。そこまで調べているか、と内心舌を巻いた。スノーホワイトの心拍数が更に上がる。リップルのことに触れられたからだろうか。

「失礼します」

障子戸が引き開けられた。魔法少女がいた。茶から桃色へとグラデーションをかけた長い髪を二つに分けて垂らし、両端は床につきそうだ。右が赤紫、左が薄水と左右で瞳の色が異なっている。兎のバッジでタイを留め、髪の隙間からはぬいぐるみの足が飛び出していた。表情、振る舞いともに落ち着いているように見せてはいるが、肩で息をしていた。

「紹介するね、スノーお姉ちゃん。この子は中野宇宙美《なかのそらみ》ちゃん。プクのお友達の一人だよ。オスク派から奪ったプロテクトのかかったディスクの中身を解析《かいせき》してくれて、そのお蔭で色々とバレてることがわかったの。ソラミちゃんはね、いつもプクと仲良くしてくれてね、一昨日《おととい》の夕飯の時も……」

スノーホワイトが「すいません」と声をかけ、プク・プックは珍しいものでも見るような目をスノーホワイトへ向けた。

「なに？」

「その人、急いでいるみたいです」

プク・プックは魔法少女「中野宇宙美」に目を向け、小さく頷いた。促《うなが》したのだろう。ソラミはどこかほっとした顔で話し始めた。

「まあ急ぎっすね」

「どうしたの？」

「幸子《さちこ》ね……プレミアム幸子が逃げちゃいました」

「……逃げた？」

「重要な儀式を私なんかができるとは思えません。失敗して迷惑をかけるくらいならいない方がいいと思います。後はよろしくお願いします……という書置きが残ってました。まあ、要するに、いつものあれですね」

プク・プックが額《ひたい》に手を当て天を仰《あお》いだ。ファルとスノーホワイトがこの部屋に入ってきてから初めて見せた「外見年齢不相応な経験を感じさせる仕草」だった。

「よりによってこんな時に……」

思わずといった体《てい》で漏らした言葉は老人のように掠れていた。

プク・プックは大きな溜息を挟んでからスノーホワイトに向き直った。

「これはね。そのう、ちょっと恥ずかしいことなんだけどね。だからちょっとちょっと、いいにくくて、でも頼み事をするならいわないといけないよね。うん」

「どうぞ」

「プクのお友達を守ってあげて欲しいの」

時折《ときおり》寄り道をしながらもプク・プックは経緯《いきさつ》の説明を続けた。

プク・プックには幾人か魔法少女の配下がいる。その中の一人「プレミアム幸子」を中心にして魔法の儀式を執《と》り行おうとしているのだが、その儀式に反対している勢力がある。

「あの子は今狙われてるの……オスク派に」

スノーホワイトの眉間《みけん》に微かな皺《しわ》が寄った。オスク派。シェヌ・オスク・バル・メルを領袖《りょうしゅう》としている魔法使い達の派閥。人間のことも魔法少女のことも、実験材料や利用すべき存在としか見做《みな》していない。地下の研究所でそのことについて思い知らされた。

プク派は、幸子を中心にした儀式を行う。儀式をすべきか否《いな》かについては三賢人の合議で可決された事案だったが、唯一反対していたオスク派は、合議の結果を無視して儀式の邪魔をしてやろうと考えている。要するに幸子さえいなければ儀式は行えないのだ。幸子を亡き者にしてしまえば、多数決もなにもない。

「どんな儀式をするんですか？」

「ええと、よその子に教えるのはいけないんだけど。でもお願いするのに教えないって酷いよね。スノーちゃんはもううちの子ってことにすれば教えてもいいことになるよね。じゃあ教えてあげてもいいよね」

逃げ道を断つようなことをいっているような気がするが、スノーホワイトは特に咎《とが》めることなく黙って聞いていた。プクは自慢げな響きを滲《にじ》ませながら続けた。

「今、『魔法の国』はわりとピンチなのね。集まる力よりも使う力の方が多くて、元々溜めてあった力を少しずつ減らしてるの。難しい魔法ほど強い力が必要で、みんなが色々研究して技術を高めるとどうしてもこうなっちゃうんだけど、だからといって研究やめて昔のままでいましょうっていってもできないし。このままだと力が無くなって大変なことになっちゃうんだけど、そこで良い物があったの。大昔、偉い人……聞いたことあるかな。最初の魔法使いって人ね。その人が作った魔法の装置があって、それを動かすと、すごく、すごーく魔法の力が溜まるんだって。その装置を動かすためには儀式が必要で、その儀式をするためには、うちの子……『プレミアム幸子』ちゃんが必要なんだ」

ここまでの話を聞いてもスノーホワイトは反応していない。心拍数は高止まりしている。相当な与太《よた》話に聞こえるが、スノーホワイトなら嘘が混ざっていればそれを指摘するなり黙って席を立つなりするはずだ。三賢人の現身がいうのだから夢物語のような話でも現実に起こり得ると考えた方がいいのかもしれない。

「今、幸子ちゃんを守るために結界を張る準備をしているの。でもね、準備が終わる前に幸子ちゃんが逃げちゃって……ごめんねスノーお姉ちゃん。幸子ちゃんを連れ戻してきてくれないかな？　そしてもしも、誰かが幸子ちゃんを狙ってきたら……守ってあげてほしいの」

「わかりました」

即決だった。ファルは驚き、なにかをいうべきか考え、いうべきではないと判断した。

プク・プックは、ありがとうありがとうと涙ながらにスノーホワイトの両手を握って上下に振り、魔法少女「ソラミ」を連れて廊下をぱたぱたと走っていった。

　スノーホワイトのバイタルサインが僅かに下がった。

　部屋にはスノーホワイトとファルしかいない。ファルは立体映像無しで話しかけた。

「どうしたぽん？　簡単に受けちゃってよかったぽん？」

「大丈夫」

　スノーホワイトは胸に手を当て、自分に言い聞かせるような口調で呟いた。

「大丈夫って……」

「心の声は聞こえたよ。三賢人の現身が私と直接会うっていうからグリムハートの時みたいに心の声が聞こえないものだと思ってたけど」

　落ち着きを見せ始めていたスノーホワイトの心拍数が再び上昇していく。

「『魔法の国』を心から心配しているし、儀式で救おうと本気で思っている。プレミアム幸子のことも儀式を抜きにしても案じているし、それはプク・プック以外の魔法少女も同じ。さっきのソラミも」

　声を落とし、「襖の向こうにいる人も」と付け加えた。

「協力できる相手ってことぽん？」

「そう、思う」

　そういうからにはリップルのことも本気で請《う》け負ってくれたのだろう。敢《あ》えて触れないようにも思えたため、ファルからもそのことについては触れない。

それよりも、だ。三賢人の一人が味方になってくれるならこれほど心強いことはない。スノーホワイトは目の前の悪人を退治し続けるだけで長期的な展望というものを持とうとせず、それはまるでいつ死んでもいいような生き方に思えた。誰かと足並みを揃えるということもなく、たまに手を組む相手も組織から外れた一匹狼ばかりで、集団の中にあっても「魔法少女狩り」として浮いている。

もし、ここで、プク・プックという信頼できる後援者を得ることができれば、とまで考えたところで廊下から足音が戻ってきた。

◇シャドウゲール

敵は護《まもり》の登校中に襲ってきた。日没の時間が早くなれば下校中に襲われることがあるかもしれない、と考えなくもなかったが、まさか人目のある朝っぱらから襲われるとは思っていなかった。

一分《いちぶ》の隙《すき》も無い全身鎧《よろい》に身を固めた魔法少女だった。魔法少女特有のサービス精神を欠いた武骨な鎧は、見た目いかにも頑丈そうで、実際、殴られても蹴られてもまるでダメージを感じさせることなく、無言でひたひたと迫ってくる。小さな身体に反して圧力が尋《じん》常《じょう》ではなく、魔法少女というよりスプラッター映画のモンスターと呼ぶに相応《ふさわ》しい。

相対する魔法少女は、対照的に華やかで美しく、なにより眩しい。

警察官をモチーフとしたコスチュームは、実用性を取り払ってから露出度と装飾性を足している。腰のパトランプを動作させることにより、回転灯の光が眩しく、サイレンの音こそ無いものの、これでもかと存在感をアピールしていた。

鎧の魔法少女はパトランプの光に怯《ひる》むことなく拳を突き入れ、警察官の魔法少女「パトリシア」が巨大な手錠を繋ぐチェーン部分を敵の腕に絡《から》めた。鎧の魔法少女は絡んだチェーンを掴み、そのまま力に任せて引き寄せようとし、パトリシアは腰を落としてそれに抵抗する。力と力が拮抗《きっこう》し、チェーンが軋んだ。

シャドウゲールは両腕に力を込め、パトリシアが苦しげな声を漏らした。

「シャドゲちゃん……意外と力あるよね」

「あ、すいません」

「いや、それくらい強い方がいいかも。うっかり落としたらボスにどやされる……どやされるどころじゃ済まないか。消されちゃうよね、怖いね」

シャドウゲールはより強く両腕に力を込め、パトリシアにしがみついた。激しく移動しながら刺客を撃退している現状、安全地帯といえるのはパトリシアの背中くらいだ。ここにいればパトリシアが守ってくれるという安心感がある。いわれるまでもなく、ここから

落ちるつもりはない。

会話をしている二人を見て、侮《あなど》られているとでも思ったのか、鎧の魔法少女がより強い力でチェーンを引き、パトリシアがそれを引き返す。拮抗しながら徐々にかけられている力は強くなっていき、鎧の魔法少女が足を踏みしめた。足元の石畳が砕けたのに呼吸を合わせ、パトリシアが力を弛《ゆる》め、鎧の魔法少女が後ろへとよろめき、たたらを踏む。

鎧の魔法少女はバランスを崩した。身体を大きく反らして後方へと倒れようとしている。パトリシアは踏み込んだ。鎧の魔法少女は、倒れながらもパトリシアの顎先《あごさき》を狙って蹴りを繰り出し、パトリシアは半身でかわし、さらに一歩踏み込み、右手に握った手錠で相手の顔面を殴りつけた。使い方としてはメリケンサックと変わらない。ただしこれは魔法の手錠だ。折れることも曲がることも絶対にない、なによりも頑丈な魔法の手錠を使い、腕力に自信のある魔法少女が全力で殴りつけた。

殴り飛ばされた鎧の魔法少女は石畳を割ってバウンドし、パトリシアは空中で追い縋《すが》って今度は背中を殴りつけた。あれほど頑丈だった鎧がひしゃげ、打撃が中身に届いている。鎧の魔法少女は、それでも声を立てず身を捻《ひね》ろうとしたが、三発目のパンチで今度は横っ飛びに吹き飛ばされ、ベンチに直撃、木製のベンチを二つに割ってライラックの茂みを土ごと巻き上げ、金網に引っかかってようやく止まった。太い針金を使って編まれた金網が、見るも無残に破れ、めくれ、支柱は真ん中からへし折れてしまっている。

既にパトリシアが金網の裏手で待っていた。殴られ吹き飛ばされた相手さえ追い越す恐るべき速力だ。さらに一撃、もう二撃、魔法の手錠で殴り、よろめいたところへ今度はチェーンを振るって叩きつけ、鎧の魔法少女は膝をついた。

戦うことを得意としない、そんなシャドウゲールでもパトリシアの強さは理解した。今までに出会った中で誰を思い出すかというと、ゲームの中で戦ったグレートドラゴンが真っ先に思い浮かんだ。

背中のシャドウゲールを気遣《きづか》い、それでなお相手を圧倒している。鎧の魔法少女もけして弱い相手ではない。現にこれだけ攻撃を受け続けながらも立ち上がろうとしていた。黒い泥のような物が鎧の隙間から這《は》い出て身体を支えようとしている。黒い泥は鎧の上を徐々に覆っていく。シャドウゲールは息をのんだ。鎧のへこみが黒い泥によって覆い隠され、さらに厚みを増し、形を変え、大きくなり——

「そこまで」

チェーンが飛んだ。巨大な手錠が鎧の首、そして足にガチャリとはまり、鎧の魔法少女は動きを止め、黒い泥は一度大きく震えてから隙間に戻っていった。

「そういう動きしてたかんねー、君。攻撃を受けて、そこから反撃してやろうっていう動きさ。だったら反撃する前にストップかけちゃえばいい。私の手錠、一度かかっちゃえば魔法少女だろうと悪魔だろうと抵抗不能だもの」

シャドウゲールは顔を上げた。サイレンの音が遠くの方から徐々に近づいている。パトカーか、救急車か。こんな暴れ方をしているものだから御近所の誰かが通報したのだろう。

「いやあ……危なかった。ありがとうございます。とりあえずここから——」

礼をいい終わる前にパトリシアが駆け出し、シャドウゲールは慌ててしがみついた。急に走り出したせいで頭が後方にがくんと引っ張られ、人間だったらむち打ちくらいはしていたかもしれない。

「い、いきなりどうしました」

「一緒に仕事してた部下からの応答がないのよ」

「えっ」

「ボスの方にも連絡はしておいたけどね、どっちにしろ応援が来たところで間に合うか微妙、かな？」

走りながら魔法の端末を操作し、腰に提《さ》げた袋へ素早く落とした。路地から路地へ、住宅の壁に沿って走り続け、その間も足は止まらない。

「パトリシアさんの部下って皆さん強いんですよね？」

「まあ、そりゃね？　そのへんを買われてこんな仕事してるわけだし、ちょっと自信はあるよね」

パトリシアが認めるのだからそりゃ強いのだろうと思う。先程、実際に戦う様子を見るまではパトリシアが強いなどとは思ってもいなかったが、あの戦い様を見ればなるほど護衛者として相応しい強さだなと思わないわけがない。

プフレから護衛としてつけられ、妙にフレンドリーな態度も含めて鬱陶《うっとう》しさを感じなくもなかったが、まあ本人に悪気はないようだし、プフレの部下にしては悪人でもなさそうだし、実際に離が襲われたわけだから警戒するのは当然だろうし、だったら仕方ないと外出時は常にお供につけていた。

そして登校中に襲われた。黒い不気味な生き物の一団を率《ひき》い、真昼間人通りがあるにも関わらず鎧の魔法少女が襲いかかってきた。パトリシアはシャドウゲールを担いで逃げ出し、それをフォローするように、ビルの影から、逃げる人々の間から、電信柱の上から、武器を持った魔法少女十数人が出現し、黒い影と戦い始めた。ある魔法少女は刀で斬りつけ、影は刃のような羽で受け、別の影が急降下で襲い、魔法少女が横っ飛びで回避した。魔法少女同士が背中合わせになって上空の敵を牽制し、影は複数体で連携して攻撃する。

パトリシアは、追い縋る鎧の魔法少女と激しく打ち合いながらここまで移動してきた。場所が移る度に破壊される物が増えていく。

パトリシアは常時護衛についていた。近所で新しくオープンしたラーメン屋についてきて「ここの店のチャーシュー、腐った匂いしない？　するよね？」と小声でくさしたり、薬局で薬を買うのについてきて「うちのボスと付き合うのに胃薬は必須よのう」と笑っていたり、電車に揺られながら「学校で好きな人とかっているわけ？」と口調のわりに興味無さそうな表情で質問してきたり、どこに行くにもとりあえずついてきた。護がシャドウゲールではなく魚山《ととやま》護の時は自分も人間の状態――可愛いではなく格好良いタイプの若い女性だった――でついてきて、これで護衛になるのかと疑問に思ったものだ。

部下が常時ついていたから人間に戻ることもできた、ということだったのだろうか。シャドウゲールも部下の存在は知らされていなかった。戦える魔法少女が武器を携《たずさ》え十余人も、というのはただ事ではない。あきらかに「なにか」が起こることが想定されている。庚江は記憶の一部を失っている。それでもなにかがおかしいと気付いた。護は護衛という名目の見張りと解釈したが、ひょっとすると「なにか」が起こることを本気で案じていたのか。庚江が配しておいた護衛を上回る戦力で「なにか」が起こったのか、それとも回避できる「なにか」なのか。

パトリシアが走りながら両手をついて屈み、ブレーキをかけた。黒い生き物がシャドウゲールの頭部を掠め、ナースキャップが宙に飛んだ。シャドウゲールは上を見た。空が黒い、と錯覚するくらいの密度で無数の生き物が飛んでいる。パトリシアの部下を襲ったやつだ。長方形の羽を羽ばたかせ、全てがこちらに狙いを絞っていた。

襲いかかる二匹目をパトリシアは蹴りつけ、三匹目を裏拳で殴り、四匹目の足首を掴んで五匹目六匹目七匹目に振り回して叩きつけ、パトリシアの攻撃を受けた黒い影は身体が崩れ、そのまま劣化するように消えていった。パトリシアは忌々《いまいま》しそうに呟いた。

「見たことのない新型の悪魔やね。一匹一匹が恐ろしく強いわー」

「強いん……ですか？　そうは見えないですけど……」

「あはははは……そりゃシャドゲちゃん、私がもっと強いだけだって」

敵の攻撃をいなしながらビルの狭間に走りこみ、パトリシアはビルの壁を蹴って斜め上へ、途中悪魔の喉元に二の腕を叩きこみ、隣のビル壁を蹴ってさらに斜め上へ、悪魔に浴びせ蹴りを放ち、さらに影を屠《ほふ》りながらビル壁からビル壁へと移動、屋上へ達した。

勝手に近づいてくれたパトリシアに対し、悪魔が周囲から殺到する。シャドウゲールは悲鳴を飲みこんでパトリシアにしがみつき、パトリシアは鉄柵を掴み、根元のコンクリごとあっさり引き抜いた。

鉄柵は一本一本が単独でコンクリに刺さっているわけではない。左右の鉄柵とつながっている。引き抜かれた鉄柵は左右の鉄柵を引っ張り、引っ張られた左右の鉄柵はさらに隣の鉄柵を引っ張り、コンクリのついた鉄柵が簾《すだれ》のように舞い踊った。

パトリシアはぐっと腰を落とし、鉄柵を振り回した。

歪《ゆが》んだ鉄柵が、コンクリートの塊が、影を打ち据え、跳ね飛ばし、叩き落とし、コンクリートの破片がシャドウゲールの頭にもバラバラと振ってきて、思わず首を竦めた。

空飛ぶ悪魔の密度は隙間から青空が見える程度に減っている。遠巻きにして近寄ってこない。

「頭も良いや」

パトリシアは呟き、群れに向かって鉄柵を投げつけ、自分はビルの隙間に身を落とし、途中、窓枠を掴んで窓ガラスを蹴破り、ビルの中に侵入、無人のフロアを駆け抜けて逆側の窓を割って飛び降り、落下、膝をついて着地した。衝撃は無い。

パトリシアは立ち上がり、指先を舐《な》めて空に翳《かざ》した。

「空気……乾いてるなあ」

パトリシアの言葉を受け、シャドウゲールは視線を上げた。頬に冷たい空気が当たっている。猛スピードで走っているパトリシアに背負われているから風が冷たいのかと思っていたが、それにしても冷た過ぎる。凍えるようだ。空気が乾き、冷えていた。

「悪魔だけじゃないなあ。あれらだけなら私の部下でも充分事足りたはずだし」

パトリシアは路地裏を突っ切って大通りへと飛び出した。十字路を急角度で右に曲がり、対向車を馬跳びで越え、急ブレーキの音を背中で受けつつブロック塀を乗り越えて民家の庭へ、庭を通って外へと抜けた。窓の内側に見えた初老の女性は、テレビに目を向けたままでパトリシアには気付いてもいない。

シャドウゲールは声も出せずパトリシアの背中にしがみついていた。

金網を破って川沿いに走り、暗渠《あんきょ》を抜けて川から道路へ。そこから十歩ほど走ってパトリシアが振り返ると、そこになにかが打ちつけられた。衝撃と加速で落とされかかり、どうにかしがみついて落ちることだけは回避する。

魔法少女がいた。鎧の魔法少女ではない。三叉槍《トライデント》を構え、周囲にはキラキラと光るなにかが浮いている。表情はない。ただ、こちらを見ている。

パトリシアが武器を振るい、敵は縦にした槍でそれを受けた。

――武器？

パトリシアの武器ではない。彼女の武器である魔法の手錠は鎧の魔法少女を拘束するため放置せざるをえなかった。今振るったのは、シャドウゲールの固有アイテムである巨大なレンチだ。振るったレンチを右に引き寄せ、敵の三叉槍がそれについて動き、槍を持った敵が前のめりになった。パトリシアはレンチで殴った際、三叉槍の柄《え》を挟み込んでいたのだ。

金属がぶつかる音が鳴った。パトリシアが左手に巨大なハサミを持っている。こちらも視認できる速度ではなかった。恐らくは、バランスを崩した敵に対してハサミを振るった。なにをしたのか、シャドウゲールが視認できる速度ではなかった。恐らくは、バランスを崩した敵に対してハサミを振るった。だが、なぜか敵には命中していない。頬にうっすらと傷が走っている、それだけだ。

金属音がもう一度鳴った。今度はなんとか見えた。パトリシアがハサミを振るい、軌道《きどう》が微妙に変化したせいで敵に直撃することなく、掠めるに留《とど》まった。

周囲に浮かんでいるなにかがはっきりとした姿を持ち、ハサミを止めている。敵はハサミに手を伸ばし、ハサミを捨てたパトリシアの左手とがっちり組み合った。

「氷で流すか。なかなかやるね」

パトリシアが感心したように呟き、右腕が震え、血管が浮き上がった。腕一本の力によってレンチが一気に下から上へと持ち上がり、その勢いのままに宙へ飛んだ。敵の保持する力をものともしていない。これで双方ともに片腕が空いた。

「じゃ、やろう」

「ラグジュアリーモード・オン」

シャドウゲールは悲鳴を飲みこみ切れずに叫んだ。敵と組んでいるパトリシアの左手に霜《しも》が降り、凍り始めている。指先から白くなっていき、氷は瞬く間に厚みを増していく。

パトリシアは猛烈な勢いで凍りついていく左手には目もくれず、右拳を固め、突き上げた。敵は腕を立ててガードし、身体を通してシャドウゲールにも衝撃が響いた。無表情だった敵の顔が歪んでいる。ガードの上からもう一撃入れ、今度は敵の体が浮いた。敵が苦痛の声をあげた。パトリシアの左手の氷は肘まで上がっている。パトリシアも気付いていないわけはなかったが、そちらには目もくれない。

三発目で骨の折れる音が聞こえた。民家の屋根にレンチと三叉槍が落ちた。四発目でガードが下がり、敵が動いた。周囲で旋回《せんかい》していた氷が軌道を変え、パトリシアを襲う。首と眉間を狙っていたが、身を捻ることで一本は回避し、一本は肩で受けた。組んだ左手と同様に氷が根を張り、刺さった肩から凍結範囲を広げていく。

だがそれでもパトリシアは止まらない。五発目の拳を止めるガードは既になく、敵の脇腹に突き刺さった。骨が折れる感触がシャドウゲールにも伝わる。一本ではない。複数だ。

敵は口の端から血を零《こぼ》した。唇を切ったというレベルの量ではない。内臓を損傷している。

氷が飛んだ。だが狙いがついていない。パトリシアの顔から三十センチは離れた所を通過し、掠りもしない。敵は明らかに弱っている。パトリシアの身体は氷に覆われつつあったが、未だ動きは鈍っていない。

パトリシアが六発目のパンチを放つように見えた瞬間、突然身体を捻った。急な動きにシャドウゲールはついていけず、首から手が離れ、民家の壁に勢いよく叩きつけられた。

呼吸が止まった。涙が滲《にじ》み、視界が歪んでいる。

「なにを……」

パトリシアの延髄と背中に氷が突き刺さっていた。シャドウゲールは遅れてなにが起こったのかを理解した。敵が最後に飛ばした氷は、狙いを外していたのではなかった。パトリシアを狙ったのではなく、軌道を曲げ、背負われていたシャドウゲールを狙った。パトリシアは咄嗟《とっさ》にシャドウゲールを振り落とし、氷の矢はシャドウゲールではなくパトリシアに突き刺さった。

シャドウゲールを庇ったせいで、パトリシアが攻撃を受けた。

パトリシアの口から一塊《いっかい》の空気が漏れた。虚空《こくう》を睨《にら》んだまま小刻みに震え、やがて動きを止めた。氷はパトリシアの全身を覆いつくそうとしている。シャドウゲールは叫びながら立ち上がり、殴りかかろうと拳を握るよりも早く腹に一撃もらい、顎を蹴り上げられた。

薄らいでいく視界の片隅でパトリシアの氷像が倒れようとしていた。

◇うるる

屋敷の門から出て素早く左右を確認した。誰もいない。朝早いからか、敵はまだ動き出していないようだ。うるるはふうと一息ついて、後ろの二人に出てきても大丈夫と合図した。

まずはプク・プック近衛隊のうるるとソラミ、それにスノーホワイトを足した混成部隊でプレミアム幸子を追いかける。そして捕まえ、儀式の時間までに幸子を屋敷へ連れて帰る。オスク派からの襲撃があったらきっちりと反撃してプク・プックの強さ恐ろしさを見せつけ、二度と歯向かおうとは思わないようにしつけてやる。

それが、プク・プックの側近筆頭であるうるるの役目だ。

プレミアム幸子はなにをやっているのだろう。うるるも幸子も物心つく前からプク・プックに引き取られて暮らしている。プク・プックに従うのは、上から下に物が落ちるくらい当たり前のことで、プク・プックの下《もと》から逃げ出すなんて話にならない。魔法がどういうものかを教えてくれたのもプク・プック、魔法少女としての才能を見出《みいだ》してくれたのもプク・プック、生活するための場所や食事、その他諸々《もろもろ》かかるお金を出してくれたのもプク・プック、なにからなにまで、全てお世話になっている。

優しく、可愛らしく、愛らしく、可憐で、三賢人の現身という地位に相応しい能力と性格、それに美しさを兼ね備えている。そして、いざとなれば誰よりも頼りになる。

そのプク・プックの期待を幸子は裏切り、よりにもよって儀式の直前に逃げ出して迷惑をかけた。プックは優しく大らかで心が広いから許してくれる。プック以外の主——たとえば他の三賢人の現身であれば、たとえ儀式に必要な存在だとしても、探索指令ではなく抹殺《まっさつ》指令が下っていたかもしれない。プレミアム幸子は感謝しなければならない。十数年間一緒にいて常に思っていた。あいつには感謝する気持ちが足りていないと。

幸子と、もう一人。うるるはスノーホワイトに対してもイライラしていた。

魔法少女狩りの異名を持ち、強力な読心魔法を使う強い魔法少女だと聞いている。獲物を地の果てまで追いかけ、追い詰め、喉に牙を立てるまでけして足を弛めない。三賢人の一人、シェヌ・オスク・バル・メルの現身であるグリムハートを打ち倒したという話はプク・プックからも聞かされていた。オスク派からの妨害に対抗する戦闘能力と、プレミアム幸子を探すための探索能力、両方を持っている魔法少女であり、幸子を見つけ、保護し、護衛しながら連れ帰るという今回のミッションには最適な人材である、とプク・プックは話した。プク・プックの命じたことだからと受け入れはしたものの、心の中では雷鳴が轟《とどろ》き、暴風が荒れ狂っている。なぜわざわざ他所《よそ》から助力を受けなければならないのか。プク・プック様は我々を信頼していないのですかといえるうるるではないため黙っていたが、それでも納得したわけではない。

なによりスノーホワイトの態度に苛立っていた。無礼にも限度というものがある。最低限の敬語こそ使っているものの、上辺だけで全然敬意が見えない。「今時の子は和菓子ってあんまり食べないんだっけ」「洋間もあるけど、一番良い部屋にお通しするならケーキとお紅茶じゃしっくりこないよねえ」「コーラとポテトチップスの組み合わせってどう思う？　ちょっとアメリカナイズし過ぎ？」「なんだろう、この組み合わせでスノーホワイトをおもてなしして失敗した人がどこかにいる気がするんだけど、でも今度こそ成功させられる気もする。ねえ、うるるはどう思う？」このように散々悩み、プク・プック自ら考えたおもてなしメニューに一切《いっさい》手を付けず仕事の話に徹した。

プク・プックがなにもいわないのに、うるるが口出すのは良くない。そういうことは「僭越《せんえつ》」だと教えられている。わかってはいても、なにか一言くらいは注意しておきたい。この無礼な魔法少女が、偉大なるプク・プックを軽んじていることだけは間違いないのだ。

引き合わされ、プレミアム幸子を捕まえるための打ち合わせをし、屋敷を出て、門が閉まった。これでようやくプク・プックの目が無くなった。プク・プックが居なければ、うるるがスノーホワイトを注意しようと「僭越」には当たらない。

ちらと隣のソラミに目を向ける。魔法の端末にぼうっとした目を向けていた。別にいい。頼りにならないやつだということは、十数年の付き合いで嫌というほど知っている。

スノーホワイトは危険な魔法少女だと聞く。ちょっと注意しただけでも血を見るようなことになるかもしれない。もしそうなったとしても、けして主に恥をかかせるような真似はするまいと心に誓い、背中の銃に右手を当て、腹から声を出した。

「整列！」

スノーホワイトは不思議そうな顔でうるるを見、ソラミは夜の台所でゴキブリの群れを見つけた時と同じ顔でうるるを見た。

「うるる姉、あれやるの？」

「これから大仕事なんだよ？　そんなもの、やるにきまってるでしょ」

「はいはい……ごめんねスノーさん。ちょっとそっちに立ってもらえる？」

屋敷の門を背に、ソラミとスノーホワイトの二人が立った。リーダーであるうるるは二人に向い合せて立ち、点呼《てんこ》をとった。

「点呼！」

「いーち」

「……二」

「三ぽん」

電子音声にぎょっとし、そういえばスノーホワイトのマスコットキャラクターである電脳妖精がいたことを思い出した。電脳妖精の語尾を含め、三者三様に気合いの抜けた声が実に気に食わないが、やり直させるとソラミはより一層気の抜けた声を出すようになるため、ここでやめておくことにする。

「出立前にちょっとお聞きしたいんですが」

スノーホワイトが右手を挙げた。

「なーに？」

魔法の端末に目を向けたまま、やる気のなさを隠そうともせずソラミが応えた。いくら無礼者相手でも魔法の端末使いながらは失礼じゃないかなあと思ったが、スノーホワイトは全く気にした様子もなく、続けた。

「私の魔法は困っている人の心の声を聞く、という魔法なんですけど」

「らしいねー」

「さっき、屋敷の中でもあなた達の声は聞こえたんです」

「マジすか。恥ずいわ」

「それでプク・プックさんの声も聞いたのですが」

頭の中が一気に赤一色に染まった。

「アウトー！」

ソラミが顔を上げ、スノーホワイトもうるるに顔を向けた。

「アウト寄りのアウト！　もう完全にアウト！　偉い人の心なんて読んじゃいけないものなの！　その中でもプク・プック様の心を読むなんて……どう足掻《あが》いてもアウト！」

頭に血が上った。スノーホワイトの胸ぐらを掴もうとしたがするりとかわされ、その行為はうるるの怒りに油を注ぐこととなり、一発殴ってやる、と拳を握ったところで袖をくいと引かれた。なんだと見るとソラミだった。

「うるる姉、声大き過ぎ」

「アウトなんだよ！　アウト！　無礼過ぎ！」

「でも目立ってるよ。ほら」

ソラミが目で示した先には登校中と思《おぼ》しき小学生が二人いた。自分達が見られた瞬間、即座に視線を外してそそくさと歩き始め、取り繕《つくろ》うように「明後日のマラソン大会嫌だね」「大会も嫌だけど練習も嫌だよね」などと空々しく会話していた。

「これって極秘任務じゃん？　目立ったらヤバイよねー」

「うっ……」

スノーホワイトは薄茶色のピーコートを着用。ソラミは無暗に派手な髪を纏《まと》めて結い、ぬいぐるみその他のデコレーションはリュックサックの中に仕舞《しま》っていた。うるるは元々が大人しい格好であるため特に工夫はしていなかったが、銃と尻尾をコートの中に隠すくらいのことはしている。全員がコスチュームに気を遣っているのは、これがその種の仕事、「秘密の任務」だからだ。

「それにさ、屋敷の前でワーワーやってたら妙な評判立つかもしんねーし。そうなったらプック様にとっても良い事なくね？」

うるるは小さく咳払《せきばら》いしてから声を落とした。

「ええと。ここはよろしくない。リーダーとして、とりあえず場所を移そうと思います」

「ではそのように」

叱るにしても場所が悪い。プク・プックに迷惑がかかり、失望されたり悲しい思いをさせたりということは考えたくもない。期待に応える。むしろ期待以上の働きをする。それが三賢人に仕える魔法少女に課せられた使命だ。高い地位には、それ相応の能力と働きが求められる。

うるるは二人を先導してずんずんと先を急いだ。スノーホワイトとソラミは二人並んで歩きながら無駄口を叩き合っている。

「つーかさ、その魔法ってオートで発動してんでしょ？」

「そうです」

「じゃあ無礼もなにもないよねー。変身してれば聞こえちゃうんだから」

「そういっていただけると有り難いです」

「つかさ、便利そうでいーよね、心の声が聞こえるとか」

「そうでもないです」

「今回みたくさ、誰かんとこ行ってさ、こーゆー仕事して欲しいんだけどって頼まれてさ、依頼主が信頼できるかどうかわかんじゃん。信頼できない相手の仕事受けなきゃいいし」

「そうですね」

「あ、でもさ。今回の仕事受けたってことはプク様は信頼に足る雇い主だったたってことになるよね？」

「はい。心から幸子さんのことを心配されていましたし、皆さんのことも真剣に案じられていましたから」

うるるは鼻を鳴らした。心の中では当たり前でしょ、と思っている。プク・プックは幸子のような逃亡者に対してさえ優しく、罪を許してしまう大らかな心の持ち主だ。

「プク・プック……様の声もそうなんですが、うるるさんの声が襖の向こうから聞こえたのもありました」

「あ、そーゆーのね」

「プレミアム幸子さんのことを本気で心配してる声が聞こえてきましたから。騙そうとしているわけじゃないんだっていうことは私にもわかりました」

聞き苦しい会話の内容にいい加減我慢ができず、うるるは足を止めて振り返った。ソラミに指を突きつけ、

「リーダー命令。無駄口禁止」

次いでスノーホワイトに向き直り、

「うるるはね、プレミアム幸子を心配しているわけじゃないの。あいつはプク・プック様の御恩に足で砂をかけた恩知らずだから。釜茹《かまゆ》でか鋸《のこぎり》挽《び》きかドクニンジンでも飲まないといけないところを、プク・プック様が寛大な御心で許してくださるの」

ソラミが両手を頭の後ろで組んで口の端で笑みを浮かべた。

「心の声が聞こえるって相手に見栄《みえ》張ってどーすんのよ」

「見栄ってなにが」

「なんだかんだで幸子姉のこと心配なんじゃん？」

「もし、うるるが心配しているというのならそれはきっと正しいんだと思う」

「ほら、やっぱり」

「なぜならプク・プック様がお命じになったから。うるるの手をとって、三姉妹末永く仲良く暮らしてねっていってくれたから、その約束が守れるか心配してるんだもん」

「ああ、はい。そーゆー方にもってくのね」

「なにがそーゆー方だよ。とにかく、無駄口は禁止なんだからね」

それだけいってから前に向き直り、再びずんずんと歩き出した。スノーホワイトとソラミはしばらくの間黙っていたが、やがて小声で話し始めた。聞こえなければいいなどと一言もいっていなかったが、それでいちいち止まっていては幸子を見つけ出すまで何年かかるかわからない。うるるはイライラを募《つの》らせながら前を歩いた。

◇中野宇宙美

プク・プック邸常駐の魔法少女が許可を得ることなく市外に出れば、屋敷で警報が鳴る。「監視されてるみたいでやだなー」とは思うけれど三賢人の現身に仕えるともなるとこれくらいしないといけないらしい。警報が鳴っていないということは、幸子はW市内にいる。

W市は閑静な住宅地として知られ、市民層の平均所得は近隣の市町村でもググンとずば抜けて高い。そこかしこで合併が行われる中、うちが合併するメリットはない、治安もいいし税収だって足りている、と市民市長ともに頑《かん》として合併から顔を背け、今に至る。そのおかげもあって比較的面積は狭く、マシというレベルではあるけれど、人を探しやすくはあった。

ソラミは幸子のことを思う時、まず泣き顔が脳裏《のうり》に浮かぶ。

プレッシャーに耐え切れず逃げ出してしまう、というのは幸子らしい。だけど儀式直前で逃げ出すとは誰も思っていなかった。ソラミだけは薄々逃げ出すんじゃないかなと思っていたけれど口には出さなかった。儀式を任されるということで重圧を受け、紙のような顔色でふらふらしていた幸子が気の毒だったからだ。

屋敷のそこかしこに「みんなで力を合わせ儀式を頑張ろう」「絶対に成功させるぞ」「プク派の力を結集だ」という張り紙が貼ってあったのは、いったい誰がやったのか。あんなにベタベタ貼ってあれば、幸子がプレッシャーを受けないはずがないのに。

幸子はなにをしていても可哀想に見えて同情したくなる。

基本、誰かの陰に隠れてやり過ごしてきた。訓練の時は、三人の中で誰よりも早く音《ね》を上げてうるるに怒られ、プク・プックがとりなし、ソラミがフォローする。ＤＶＤ観賞会をした時は、上映ＤＶＤがホラーに変更されてから泡を食って自室に戻り、その後、部屋の外から呼びかけても返事が無かった。

今回は幸子の人生で初めてといってもいい、幸子が主役の晴れ舞台だ。それでプレッシャーに勝てるわけがない。逃げるべくして逃げたと思う。うるるもプックもズレているというか、心の機微《きび》に疎《うと》いところがあるというか、浮世離れしたところがある。重要な任務を任された主役が逃げるということは考えてもみなかったんだろう。

正直、ほとぼりが冷めるまで逃がしてやりたい。問題は、合議で決まったことを力尽くでひっくり返してやろうという乱暴な連中に幸子が狙われているという点だ。恐らく、幸子は恐怖にかられて逃げ出してしまっただけで、自分が誰かに狙われているとは思ってもいない。やはり可哀想だとソラミは思った。

可哀想なのは幸子だけでなく、うるるもそうだった。

肩で風を切ってずんずんと前を行く態度だけ見れば強気に見える。本人も強気のつもりではあるんだろう。実際には強気でもなんでもないことをソラミは知っている。

ブロック塀の上を散歩していた猫がにゃあと鳴けば、慌てて銃を取り出し猫に向け、猫は驚いて飛び上がり、うるるも猫の声で驚いて飛び上がる。うるるの銃は、引き金を引いても旗がぴょこんと立って紐《ひも》付きのコルク栓《せん》が飛ぶだけの玩具だ。主な使用用途は「鈍器として殴る」という物だ。それでも本人は、これを手放さずいつも大事に抱えている。

そもそも三賢人の現身の子飼いという立場上、実戦で立ち会う機会がそうあるわけではない。日々いざという時の訓練はしていても、ソラミはポカポカと殴りたくないし、ボカスカと殴られるのはさらにごめんだ。

となれば実戦経験豊富な魔法少女狩りのスノーホワイトをリーダーに、となるが、その人事はうるるの自負心と相容《あいい》れない。三賢人の現身に仕える者として、外様のスノーホワイトよりも優秀でなければならないと思いこんでいるうるるは、猫一匹にびくついていようと自分が前を行き指示を出すという形を変えようとはしないだろう。

もっとリラックスしていた方が上手くやれると思うよ、とアドバイスしたところで「お前はぶったるんでいるだけの自分を正当化している」と返される。

前を行くうるるに内容を聞き取られないくらいに声を落とし、ソラミはスノーホワイトの腕をちょんと突いて話しかけた。

「で、どーすればいいと思う？　うちらマジで実戦経験皆無よ？　いざという時に慌てて取り返しのつかないことになりましたとかちょっとシャレならんしょ」

「私とファルがなにか考えましょうか？　ソラミさんからの提案という形で」

「それいただき。それいこう、それ」

「あとは自然な形でお話しできる場があればいいんじゃないぽん？」

「そうだね。それともうちょっとリラックスしてた方がいいんじゃないかと思います」

自然な形で、とわざわざ付け加えるからには、普通に話しかけてもとりつくしまはないけれど、という言葉が省略されていると考えるべきだ。こんな姉ですいません、と心の中で詫《わ》びた。スノーホワイトが相手なら心の中の詫び文句も聞いてもらえるだろう。

「んじゃこんな感じでどーかな。まずはスノーさんがさ……」

まずはスノーホワイトが通り過ぎる人達の心の声をキャッチ、その中で困っている人がいたらソラミに教える。ソラミはうるるにそれを伝え、三人でその人を助ける。

ちょいちょいとスノーホワイトに袖を引かれ、指差した先を見ると路傍《ろぼう》の自転車を前に立ち尽くしている大学生くらいの男がいた。

「うるる姉、あそこのお兄さん、スマートフォンのロックのパスコード忘れて困ってるみたいよ」

「だからなによ」

「助けてあげない？　あたしの魔法ならナンバーわかるし」

「そんな時間、無いでしょ」

「いやいや、そんなカリカリしなくたってさ。全然よゆー無いわけじゃないっしょ。それにプク・プック様だっていってたじゃない。困ってる人に親切すんのが魔法少女だって」

プク・プックの言葉を持ち出されれば、なんだかんだうるるは従ってくれる。パスコードを教えてやった後も、おばあさんの荷物を持って横断歩道を渡ったり、倒れているゴミバケツを立て直して零れたゴミを拾い集めたり、三人揃ってちょこちょこと人助けをしながら進んだ。こうやって気を紛《まぎ》らわせてやればうるるも少しは落ち着いてくれるし、三人で協力しているという感じがスノーホワイトとの心の垣根を低くする。

うるるに見えないようこっそりと、ソラミはスノーホワイトに向けて親指を上に立てて見せ、スノーホワイトはビッと立て返してみせてくれた。意外とノリの良い魔法少女だ。

◇うるる

移動は電車を利用することにした。魔法少女なら走れば良いというのは、素人考えか、もしくは脳みそまで筋肉か、どちらかだ。午前十時に自動車を超える速さで少女が走っていたとして、誰かがそれを見ていたとしたら大問題になる。三賢人に仕える魔法少女であるうるるが大問題を起こすことはできない。規則は守る。

といったことを説明すると、ソラミはいつものように嫌そうな顔で「はいはい」と応え、面倒なことだと反対するのではないかと思われたスノーホワイトも意外と素直に頷いた。

三人分の切符を購入し、領収書を貰い、電車に乗った。

この時間帯、この路線なら混雑はしていない。ソラミを挟んで三人並んで席に座るとスノーホワイトとソラミがひそひそと小声で会話を始めた。たまに混ざる子供みたいに甲高い声はスノーホワイト付きのマスコットキャラクターだ。なにを話しているのかはわからない。

別にわからなくてもいい、と窓の外に目を向けた。景色が流れていく。ビルが右から左へ、遠くに小さく見えるのは鐘基山《しょうきさん》だ。プク・プックに連れていってもらったことがある。ソラミとうるると幸子、それにプク・プックも一緒になって弁当をこしらえた。幸子の作ったサンドイッチはべったりと潰れてしまい、べそをかいていた。仕方のないやつだね、とうるるの作った物と交換してやったら途端に笑い出し、現金なやつだなあと皆で笑った。

子供の頃から幸子は変わらない。弱虫で泣き虫で臆病だ。模擬戦では少し強く当たっただけで泣き出し、ちょっと難しい課題を出すと諦めるので、プク・プックが難易度調整に手間取っていたことを思い出す。将来なにかあった時のため、月の小遣いから少しずつ貯金に積み立てていこうという約束だったのに、その少しずつの金さえ足りないことがままあり、その度にうるるが「あんたね、本当いい加減にしなさいよね」と立て替えた。

ついでに魔法も役に立たない。「一生分の幸運を一度に使い果たす」魔法は、他人に使わせることで一度限りの絶対的な成功が約束されるものの、一生分の運を使い果たした者がどうなってしまうかは思い出したくない。隕石が頭に落ちてくるとか、図書館に暴走トラックが突っ込んでくるとか、そういった無惨な、世界から「死んじゃえ」と命令されているような、最期《さいご》がやってくる。

どこかの誰かを捕まえて強制的に幸運を使い果たさせることもできない。幸子の魔法を使うためには、コスチューム付属の契約書に自筆、自分の意志で各種条項の「はい」に丸を打たせた後、フルネームで署名してもらわなければならない。戦闘中にできることではないし、非戦闘時でも敵対している人間がしてくれることではない。どうにか役に立てる方法はないかと、うるるはこっそり契約書を一枚拝借して全項目に目を通し考えに考え抜いたけれど抜け道はどこにも無かった。

つまり、性格、身体能力、魔法、もう本当になにからなにまで幸子は役に立たない。それでもプク・プックは養ってくれた。優しい言葉もかけてくれたし、遠足にも連れていってくれたし、毎月小遣いをくれたし、良い事をすると頭を撫でてくれた。うるるだって見捨てずに指導した。ソラミはよくわからないけれど、たまにおやつを分けてやっていたようだった。

そういった恩義の全てを振り切り、捨てて、幸子はプク・プックの元から逃げた。今までそういったことが無かったわけではない。盆栽の鉢を落として割ってしまった時は、バレる前にさっさと家出し、すぐに捕まって必要以上に怒られることになった。

今回はもっともっと悪い。どうして逃げ出したのか、その理由についても想像がつく。役に立たない幸子がようやく役に立てる時がきた。プク・プックは優しいから幸子が働きの悪さを気に病まないよう、身の立て方を考えてくれたのかもしれない。なのに、そのプレッシャーに負けてまたもや逃げ出した。儀式なんていい方はいかにも恐ろしげだけれど、別に生贄《いけにえ》に捧《ささ》げられるわけではないし、誰かが死んだりなんてこともないとプク・プックが保証してくれた。どこに怯《おび》える理由があろうか。

どこから漏れたのか、オスク派は幸子が逃げ出したことを知っていて、幸子は「プク・プックが行おうとしている儀式に必要な魔法少女」として付け狙われている。

頭が痛い。溜息《ためいき》が出そうになる。だけどうるるは長女だ。長女とは妹達を守る者だ。プク・プックにも「お姉ちゃんだから二人を守ってあげてね」と何度もいわれた。

どれだけ辛くとも姉には逃げることなど許されないのだ。お姉ちゃんは我慢をしなければならない。

◇中野宇宙美

電車の中でスノーホワイトの魔法については大体教えてもらった。スノーホワイトのマスコットキャラクター「ファル」の持っている力は、短時間で説明するのが困難なほど多岐に渡るとのことだったので、ソラミの魔法で教えてもらった。

ソラミは「封を開けることなく中身を知ることができる」魔法を使う。これによって管理者用魔法の端末に棲《す》んでいるマスコットキャラクターの能力を知ることもできる。

「疲れたー」

「はあ?」

「ちょっと休もうよー。たくさん人助けしたからクッタクタ」

「ソラミは本当にもう……五分だけだよ、五分だけ」

駅のベンチで三人並んで座り、右のスノーホワイトとファル、左のうるるに話しかけ、お互いが直接口をきかなくても会話ができるように通訳的な役割を担《にな》う。「そういえばこんなこと思いついたんだけど、うるる姉の魔法を使ってさ」と、スノーホワイトからの献《けん》策《さく》をまるで自分で考えたかのように話して聞かせた。

他人の魔法についてまで、よく考えてくれると思う。うるるには聞かせられないが、実際、スノーホワイトという魔法少女は大したものだ。

かつて「魔法の国」でさえ手をこまねいた強力な魔法を使う魔法少女に改造を施された電脳妖精と、その主。プク・プックがわざわざ呼びつけるのもわかる。グリムハートを出し抜いたというのもまあわかる。うるるはそれでも信じようとはしないかもしれないけれど。

うるるは頑《かたく》なで意地っ張りだ。プライドは高くて固い。プク・プック様に仕える者としてプライドを持てとか、恥ずかしくない振る舞いをしろとか、そういうことを平然といってのける。ソラミならそんな時代がかったことは恥ずかしくて口にできない。

悪人ではないということは知っている。ただ意地を張るだけだ。厳《いか》めしい顔をして「絶対に準備を怠《おこた》らないようにね」と命じつつ、自分は一番遠足を楽しみにしていて、夜間幾度も寝返りを打って中々眠りにつけないということもあった。高級料理店にディナーへ行った時も「食事の時っていうのは誰しも油断しやすいの。そういう時こそ気を引き締めるんだよ」といいながら、店へ進む足取りは若干《じゃっかん》スキップが混ざっていた。

幸子のことも、プク・プックに姉妹仲良くといわれたから面倒を見ているだけ、なんていいながら、今回だって本気で心配してハラハラしているのも知っている。スノーホワイトが来る前も「プク・プック様は幸子に見切りをつけたりしないだろうか」と心配そうにこぼしていた。さっきだって、スノーホワイトに「三姉妹仲良くするよう命じられたから心配してるだけ」と偉そうなことをいっておいて、頬は赤くなっていた。空気を読んでくれたスノーホワイトと慣れているソラミが指摘しなかったから恥をかかなかっただけだ。

結局はいつもと同じことになる。ソラミがフォローをする。本来は次女か長女あたりの役割になるはずなのだろうけれど、長女は攻め気が過ぎて、次女は弱気が過ぎる。

うるるにしてもスノーホワイトの魔法やファルの能力を知らなければ困るだろうに、意地を張っているせいで教えてもらうことができず、自分の魔法を知っていてもらわなければこれも困るだろうに、やっぱり意地を張っているから教えることができない。

人間時の幸子がどのような姿かたちをしているかについても話す。魔法少女のままでいることはメリットとデメリットがあり、逃げ足の早さや飲食不要であることは大きな利点だけど、容姿が派手で目立ちやすくなるから社会に紛れて潜《ひそ》むことは難しくなる。スノーホワイトは、八対二で魔法少女のまま逃げているだろうと予測した。二割、人間の姿で逃げている可能性があるのならば、考えておく価値はある。

うるると幸子の調整役は毎回ソラミが務めていた。嫌気が差しているというわけではない。やっているうちに慣れてきているし、喧嘩をしているよりは上手くいっている方がソラミにとっても有り難い。幸子が泣いているとつまらない。うるるが怒っていてもつまらない。プク・プックに仲良くねといわれるまでもなくそう思う。

電車を降りて向かった先は、カプセルホテルだった。以前、プク・プックが近くのホテルでどこかの偉い人と会食をした時に三人交代でそこに泊まったことがある。

「魔法少女が二百メートル以内にいればファルが探知できる」「スノーホワイトなら幸子の心の声が聞こえるはずの距離」「幸子が市外に出ようとすればプク・プックにはわかるのでまだ市内にいるはず」といった情報をうるるとスノーホワイトにそれとなく聞かせておく。

カプセルホテルの後は商店街とスーパー、量販店を潰しつつ、ファミリーレストランの横を抜け、大型書店の前を通り、ファッションモール、電気街、と魔法少女反応を気にしながら進んでいく。スノーホワイトが声を聞き、ファルがレーダーで探査し、ソラミは建物に触れることで中身を把握し、中に幸子がいないこと、今日この建物に入っていないことを逐次《ちくじ》報告していく。

ソラミはちょくちょくスノーホワイトに話しかけ、新式の家電品の性能に驚いたり、漫画の新刊が出ていることに触れて相手の好みを探ったりしつつ、ここではこんなエピソードがあったと——うるるが幸子の失敗を助けてやるような話、たとえばスーパーで積まれた卵を崩しそうになったところを素早く詰み直して助けてやった、というような話——話してやり、うるるが別に嫌な奴ではないということをアピールしておくことも忘れなかった。

　市民公園へと出て、ソラミはそこで足を止めて主張した。

「疲れたー。休みたーい」

　あえてだらしなくいう。その方が、うるるはソラミの主張を容れてくれる。

「ソラミはなにをいってんの。さっき駅で休んだばかりでしょ」

「つーかさ、こういうのは効率重視すんならちょいちょい休憩挟んでかないとまずいっしょ。休まずにぶっ通しで歩いてたらかえって効率悪いっつー話じゃん？　ほら、そこに大判焼きの屋台来てるし、ちょっと買ってくるからベンチで待っててよ」

　かなり強引に押し切って大判焼きを三つ購入、そこで一休みすることにした。

　魔法少女は飲食の必要がない。疲労に対する耐性もある。だったらわざわざ休む必要なんてない、と考えるのはうるるタイプ。ソラミタイプは、良い人間関係を築くためには一休みしてのお喋りタイムが必要不可欠で、それを円滑《えんかつ》に行うためにはちょっとつまむもの程度でもいいので美味しいなにかがあった方がいい、と考える。

　熱々の大判焼きを両手に持ってベンチに戻ると、たぶん説教的な言葉を口にしようとしていたのであろううるるが話し始めようとした出鼻を挫《くじ》いて電子音声が鳴った。

「魔法少女反応が全部で三つ、東ゲートの方からゆっくり近づいてきているぽん。速度は徒歩の人間と大体同じくらい……走り出して近づいてくるぽん！」

三人いる時点で幸子ではない。こちらに向かって走ってくるならなお違う。

ソラミは周囲を確認した。レンガ敷きの十字路右手。大判焼きの屋台が二十メートルほど後方にある。周囲にはそれを囲む人達が四人。こちらには人がいない。目撃されることは回避不能だけど、戦闘に巻きこまないくらいはしなければ。

もうもうと巻き起こる砂埃《すなぼこり》の手前側、こちらに向かって走る魔法少女を視認する。三人の魔法少女達は、走りながらコートを脱ぎ捨てた。スノーホワイトが靴の踵《かかと》をレンガに打ちつけた。マスコットキャラクターが「えっ」と合成音声を発する。三人の魔法少女は驚くほど似通った外見だった。トランプの兵隊のようなコスチュームで、描かれた絵柄だけが異なっている。スペードのジャック、スペードのクィーン、スペードのキングだ。スペード型の槍を構え、表情無くこちらに走り寄る。姿を見ただけで強さがわかった。

◇ファル

混乱した。トランプの魔法少女。シャッフリンだ。見間違えることはない。地下研究所で散々にやり合った。事件の後、事故死した、と記録には残っている。

ファルは馬鹿正直に事故の記録を信じたりするようなお人好しではない。上層部ではそういう「おさめ方」があるということを知っている。生きていては都合の悪い者が事故死したことになっている、ということは全く珍しくない。

しかし、それならそれでおかしなことになる。三賢人ともなれば建前を重んじる。事故死したことになっている魔法少女が、公衆の面前に顔を出していいはずがない。どこで誰が見ているかわからない日中の公園内で、敵対派閥の魔法少女を事故死したはずの魔法少女が襲った、などということになれば進退窮《きわ》まる事態が訪れる。

ファルの混乱が静まる前に魔法少女達は動いていた。

ソラミは掌《てのひら》を開き、前後に構えた。スノーホワイトはコートを脱ぎ去り、武器《ルーラ》を構える。うるるは背中から銃を抜き、接敵を許す直前で叫んだ。

「伏せて目を瞑りなさい！　さもないと死んじゃうから！」

ぎょっとした。ファルには伏せる機能も目を瞑る機能も搭載されていない。ファルを改造した魔法少女「キーク」は、魔法少女に関しては情緒的だったのに、マスコットキャラクターに関しては至って合理主義だった。ファルに対して無茶な改造を繰り返したらしいが、そういった人間味を持たせるような機能をつけてはくれなかった。

そうしたキークの方針によって、ファルはここで死ぬことになった。伏せることもできなければ目を瞑ることもできない。できなければ死ぬことになる。

絶望が到来し、すぐに無念に変わった。悲しさと口惜《くや》しさが滲み出し、恐怖が首をもたげる。死ぬかもしれない危機は何度もあった。だが、死んだらどうなるかと考えたことはなかった。想像力がそちら方面に働かなかった。天国や地獄があるかというと、そんなものがあるとは思えないし、あったとしても魔法とテクノロジーによって生み出されたマスコットキャラクターに門を開いているとは思えない。死んだら無にかえるだけか。もうスノーホワイトを手伝うことはできない。スノーホワイトは一人でも大丈夫だろうか。

三体のシャッフリンがヘッドスライディングをするように伏せた。スノーホワイトとソラミも地に伏せ、すぐに立ち上がった。

スノーホワイトはうるるのいうことなど聞こえないかのように平然としている。ソラミが投げ渡したロープを受け取り、地面に伏せたシャッフリンの手足を縛り上げた。ソラミ、うるるも同様にシャッフリンの手足を縛り上げてしまう。シャッフリン三体は未だ伏せたまま目を瞑っていた。スノーホワイトもうるるもソラミも、まるで死ぬ気配はない。

ファルは思い出した。「伏せて目を瞑っていなければ死ぬ」理由などどこにも無かった。

「こいつらどうすっかねー」

「放っとくわけにもいかないけど」

「とりあえず私が保管しておけます」

スノーホワイトは腰に提げていた「なんでも入る袋」の入口を広げ、縛り上げられもがいているシャッフリン三体を次々に放り入れた。

◇スノーホワイト

三体のシャッフリンを袋の中に入れる際、うるるに見咎められないよう注意してロープを結び直した。魔法少女を緊縛し身動きを封じるための結び方を使わないと、魔法のロープとはいえ解けてしまいかねない。こうしておけば逃げられることはない。

ソラミは「やったじゃんうるる姉」とうるるの背を叩き、うるるは「ソラミの作戦もたまには上手くいくじゃない」と胸を聳《そび》やかした。スノーホワイトは心の中で微笑み、それを見ていた。うるるは頬を紅潮させ、銃を持つ手が僅かに震えていた。緊張していたのだろう。それでも間違えることなく、正しく魔法を使い、スペードの絵札三名という強力な魔法少女を相手に無血で事態を収拾した。

便利な魔法だ。それにスノーホワイトの魔法と相性が良い。

うるるの「吐《つ》いた嘘を信じさせる」魔法によって、「伏せて目を瞑らないと死ぬ」という事実を信じたシャッフリンはその場で伏せて目を瞑り、それによって無力化したところを縛り上げた。うるるの魔法は「それが嘘である」とわかればすぐに解除されるため、「嘘だとバレたら困るなあ」という心の声を聞いているスノーホワイトは一瞬で解除し、うるるのやり方を知っているソラミも間もなく解除、説明を聞いていたファルは少々の混乱を経て魔法を解除、うるるの魔法を知らなかったシャッフリン三体だけが魔法にかかり続け、未だ袋の中で伏せて目を瞑っている。

スノーホワイトは投げ捨てたコートを拾い上げて羽織りながらうるるに話しかけた。

「あの人達、助けてあげないと」

「いわれなくても今しようとしてたのに」

うるるの声が届く範囲にいた人達、大判焼き屋台の店員、客、通りすがりの運が悪い人、ちょっとだけサボって公園で一休みしようとしていたサラリーマン、ハトに餌をやっていた老人、全員が地に伏せて目を瞑っていた。ハトだけが我関せずで餌をつついている。

「今のは嘘だからね！　目を瞑って伏せていなくてもだいじょぶだよ！」

一声かけ、すぐに歩き出した。スノーホワイトとソラミもそれについていく。ファルの声はごにょごにょと小さくなり、最終的に囁くような声のトーンで問うた。

「あのシャッフリンはどういうことぽん？」

スノーホワイトも似たような大きさの声で返す。

「別個体だよ」

「別個体？」

「私達が地下の研究所で戦ったのとは別の個体だよ。ほんの少しだけど見た目と強さが変わってる。ブーツについているリボンの数が一つ多いとか、腕力と耐久力がほんの少しだけ強化されているとか。一番大きいのはジョーカーがいないこと」

「ジョーカーがいない？」

「全滅したらそれで終わり、ジョーカーがいないから復活はできない。そういう声が聞こえてきたから」

◇CQ天使ハムエル

オスク派と一口にいっても一枚岩ではない。一つの世界にいくつもの次元があるように、一つの星系に無数の星々があるように、一つの惑星に数多くの国家がひしめいているように、「魔法の国」を三分の一ずつにした巨大派閥は、それぞれが大小の勢力によって形作られている。

オスク派は現地採用の魔法少女を重用することがなく、駒《こま》にするか実験体にするか、どちらにせよ使い捨てることが多いとされている。実際そこまで多いわけではないが、そういった非人道的な扱いを厭《いと》わない魔法使いが上にいるというのは事実だった。

そのため好き好んでオスク派に付き従おうという魔法少女は滅多にいなかったが、逆にいえばゼロではなかった。CQ天使ハムエルは「魔法少女が少ないならチャンスは少なくないはず」と考える野心家で「使い捨てにされないよう立ち回れば問題ない」と考える自信家でもあった。

「来た来た。上空から確認。対象は三名。外見の特徴は先ほど伝えたまま。ああ、スノーホワイトは君達の姉妹型の仇《かたき》でもあるけど、そういうの気にするのはやめようね。大抵、良い結果を生まないから」

手元の無線通信機でメッセージを伝える。これがハムエルの持つ「魔法の無線通信機」だ。会ったことがある相手であれば、どこにいようと頭の中に直接メッセージを伝えることができ、メッセージは相手が理解可能な言語に自動的に翻訳されるという便利機能もついている。今回の伝言先はハムエル配下の全シャッフリンII。

ハムエルの指令を受け、たった今捕まったスペードの絵札三名を除く合計四十九名のシャッフリンIIが動き始める。シャッフリンを改良した「シャッフリンII」は指揮官に合わせてカスタムされており、その能力や姿が微妙に変化している。ハムエル指揮下のシャッフリンIIにはジョーカーがおらず、その分個々の能力が強化されていた。

シャッフリンシリーズ最大の特徴はジョーカーである、という者は多い。どれだけの損害を受けようと、捕虜を一人捕えるだけで戦力が復活する。相手は一人の捕虜も出すことができない苦しい戦いを強《し》いられることになるのだ、と。

ハムエルの考えは違う。シャッフリンシリーズの能力が完全に秘匿《ひとく》されたままならそういう考え方もあるいはあったかもしれない。だがグリムハートがやらかしてシャッフリンの能力が様々な場所で知られてしまったからには上手くいくものではない。捕まれば生贄として処刑されることがわかっていれば、敵は投降など絶対にしない。最後の最後まで死力を振り絞って抵抗するだろう。

死を覚悟した兵士は恐ろしい。それが魔法少女であれば、もっと恐ろしい。自分の命というこれ以上ないくらいに大切なものを犠牲にしてでも敵を討つ、と考えている魔法少女の心が大きく動いていないわけがない。心が大きく動けば魔法が成長することもある。死にもの狂いが、ただの死にもの狂いでは終わらなくなる。

「ダイヤ部隊は遠距離からの監視を続けなさい。クローバーとスペードは先程電脳妖精が反応した位置から五百メートル距離で包囲したまま移動を継続。急な移動にも対応できるようにね。いきなり走り出したりするのが魔法少女だから」

電脳妖精の索敵《さくてき》を侮っていた。敵の索敵範囲は思っていたよりも広かった。お蔭でダイヤの護衛につけたスペードの絵札三体がちょっと突出しただけで敵の索敵範囲内に入ってしまい、バレたらしょうがない、仕方ないから敵の力を見てきなさい、あわよくば捕まえちゃいなさいと命じたものの、あっさりと捕まってしまった。

突発的な事故が起こった時、ハムエルは事故を事故として終わらせない。スペードの精兵三体を奪われてしまっても、それをプラスに転じさせればいい。

公園での攻防で電脳妖精の索敵範囲が判明した。銃を持った魔法少女の魔法がどのように働くのかも教えてもらった。「自分のいったことを相手に信じさせる魔法」といったあたりか。周囲の人間も地に伏せていたところを見ると、聞いた者全てに作用する。だが公園内を闊歩《かっぽ》していた鳩は特に動きを見せなかった。いきなり地に伏せた人間達に怯えはしたものの、そのまま動かないのを知ったのか、地面に零れていたポップコーンを突いていた。言葉が通じない相手には無効と見ていいだろう。ハムエル旗下のシャッフリンⅡは、探索の助けとして言語能力を持たされていることが災いした。

代わりにこちらからは「ジョーカーが存在しない」ということを教えてやった。スノーホワイトはジョーカー不在を「知った」と考えるだろう。自分の読心魔法を計算に入れた上で「知らされた」とは考えないはずだ。スペードの絵札三枚を捕獲されたことを差し引いてもまだこちらが得なトレードになる。

事故はあったが、プラスは多い。ならばそれでいい。敵を知ることは精兵三体以上に価値がある。

プレミアム幸子を探してもらい、そこで包囲の輪を縮める。圧倒的な戦闘能力を誇るスペードのエースを主軸とした部隊によって連中を攻撃し、できることなら被害が出る前に降参してもらう。ジョーカーがいないのだからシャッフリンは復活しない。

ジョーカーがいなくなったことでよりホムンクルスに近くなったとはいえ、それでも可愛い部下だ。被害は少なければ少ないほど良い。

被害が少なければいい、というのは相手だってきっと同じだ。お互いに被害を少なくしたいのであれば、どこかで妥協できる。交渉の余地が生まれる。ハムエルの魔法は指揮や翻訳だけでなく、交渉や降伏勧告にも向いている。

連中以外の魔法少女が市内で活動しているという情報もあった。いつ横槍が入るかわかったものではない。巧遅《こうち》は拙速《せっそく》に如《し》かず。出来得《う》る限り手早く終わらせる。

「ハートは私の護衛ね。私、君達に比べるとずっと弱いから。でもさ、ほら、指揮官倒されちゃうと困るでしょ？　困るっていってもらえないと立つ瀬がないんだけどね」

眼下では三人の魔法少女が公園を抜け駅の方角に進んでいた。空を飛べるとこういう時に便利至極だ。包囲陣に移動を命じ、ふと視線を移すと公園外の歩道でキャッチボールをしている小学生くらいの男の子が二人いた。恐らくは公園内でキャッチボールが禁止になっているのだろう。それにしても、車の通りが少ないわけでもないのに少々危ない。

ハムエルは通信機を口元に近づけ、

「歩道でキャッチボールはいけません。それ以上続けるようだと学校に連絡しますよ」

とメッセージを伝えた。

二人の男の子は慌てふためいた様子で周囲を確認しているが、声をかけた該当者が見当たらず一層慌てふためいているようだ。ハムエルの魔法は、心に直接声を響かせる。距離は関係ない。対象が地の果てにいようと効力を発揮する。

男の子達は転がるように駆け出した。ひょっとすると新しい怪談くらいにはなってしまったかもしれない。ハムエルはハートシャッフリンの一団を目指し、ゆっくりと降下した。

幕間

見覚えのない部屋だ。どこかの倉庫にも見える。窓がない。昼夜もわからない。コンクリの壁と床があるのみで殺風景を極めている。四辺が同じ程度の長さの四角部屋で、一辺の長さはシャドウゲールの歩幅で六歩半。

レンチとハサミ、魔法の端末、ついでに包帯まで没収されていてコスチュームしかない。コンクリを破壊するだけなら素手でもできる。腕力には自信がないシャドウゲールであってもそれくらいはできる。問題は見張りだ。

黒く不気味な生き物が部屋の四隅に陣取っていた。背中には四角形を二枚浮かせ、まるで羽のように見えた。シャドウゲールが動けば四体ともが動く。人間の顔に相当する部分を上げ、逃げたら即攻撃するといわんばかりにシャドウゲールへ向け続ける。

この悪魔っぽい生き物が空を覆い尽くすほどに出現し、パトリシアの部下がそれの迎撃《げいげき》に当たった。そしてパトリシアの連絡に応答できない状態になった。それが四体いる。

シャドウゲールの動きに対応する以外のことは全くしない。ここはどこですかと訊ねようと、パトリシアさんは無事なんですかと訊《たず》ねようと、反応しない。

　パトリシアは別の場所に監禁されているか、それとも、と考えて唇を噛んだ。最後に見た光景が脳裏に浮かぶ。パトリシアが生きているか、といえば、生きてはいないだろう。

　シャドウゲールを守るため、氷の槍が突き刺さり、全身が氷漬けになった。

　シャドウゲールはコンクリの床を殴り、四体の黒いシルエットが一斉に立ち上がった。両手を頭の高さにまで挙げ、なにもしようとしていないことをアピールすると、四体の黒いシルエットは静かに腰を落とした。

　パトリシアは殺されたが、シャドウゲールは殺されなかった。シャドウゲールを捕まえることが目的だったと推測できる。パトリシアが庇った攻撃は、ひょっとするとパトリシアが庇うことを計算に入れた上で放たれたものだったのだろうか。

　シャドウゲールは拳を握って振り上げ、ぎりぎりと拳を震わせ、しかし床に落とすことができず、自分の腿《もも》に振り下ろした。二度、三度と振り下ろし、四度目でシルエット四体が立ち上がったため中止した。太腿が痛みで痺《しび》れている。

　相手はなにをしようとしているのか。シャドウゲールを人質《ひとじち》にしてプフレを動かそうとしているのか。スノーホワイトに預けたプフレの記憶が関係しているのか。スノーホワイトはこのことを承知しているのか。

　年貢の納め時がきているのかもしれない。プフレと、そしてシャドウゲールに。だからといって抗おうという気持ちが無いわけではない。パトリシアが身体を張って守ってくれたのは、どこかもしれない部屋の中でさめざめと泣き暮らすためではない。ここがどこなのか、ヒントになるものを探す。それを外部へ伝える方法も見つける。

　黒いシルエットの動きに注意しながら床をノックし、壁をノックし、入口に耳を当てようとしたら四体が動いたのでこれは断念し、しかしヒントになるものなどどこにもない。現実はゲームとは違う。どこかにフラグがあるわけではない。努力すれば、それに応じてなにかが起こるわけではない。同じことをしても得られる経験値は違っているし、元のステータスには開きがある。絶対に逃げられないように閉じこめられているのだから、ちょっとやそっと探したくらいでなにかが見つかるわけがない。

　諦めろという声が頭の中から聞こえてくる。諦めるのは得意だ。諦めるばかりの人生だった。人小路庚江という人間は諦めさせることが得意だったというのもある。

　諦めるべきか。諦めざるべきか。

　パトリシアの顔が頭に浮かぶ。申し訳なさが一緒にこみ上げてくる。諦めの良さは武器ではあるが、状況にもよる。出来得る努力はもう全てしただろうか。まだなにか出来ることはないだろうか。庚江ならなにか思いつくかもしれない。

　庚江になったつもりで考えるというのは、ちょっと想像しただけでも嫌気が差す。しかし閉塞した状況を打開できるのはいつだって護ではなく庚江の方だった。庚江ならなにか思いつくんじゃないかという気はする。

シャドウゲールはとりあえず行動をここまでにし、思考に移った。

庚江だったらなにをする。どんなアイディアを思いつく。考え、考え、考え続け、解決策に至る前に部屋の入口が錆《さび》の擦《こす》れる音を立てて開いた。

そこにはパトリシアと戦っていた鎧の魔法少女がいた。

第二章　幸運を奪いに

◇プフレ

「誘拐犯自らが交渉に出向くというのは真似したくない大胆さだね」

車椅子に乗った魔法少女「プフレ」は、軽口を叩きながらも絨毯《じゅうたん》の上で急激な方向転換を決め、目の前の相手を見据《みす》えた。

プリンセス・デリュージ――当然、その名前は知っている。地下研究所で開発されていた人造魔法少女の一人で、現時点で把握されている唯一の生き残りだ。事件が発生してからしばらくの間、「魔法の国」の高官会議は、その話題ばかりになっていた。

何者かにより進められていた「人造魔法少女計画」を、グリムハートが掌中の物にしようとしたことが事件の発端だ。強大な能力を恃《たの》みに、力尽くで研究の全てを奪おうとしたグリムハートを何人かの魔法少女が妨害し、作戦は失敗、全ては表沙汰になり、グリムハートとシャッフリンが「事故死」した。ここまでが表に出ている情報だ。

その人造魔法少女が、プフレを脅迫してきた。

パトリシアをはじめとする腕利きの護衛が蹴散らされ、シャドウゲールが拉致《らち》されたという連絡を受けたのは、今日の午前のこと。それから一時間も経たずにデリュージからコンタクトがあり、交渉要求を受け容《う》《い》れたところすぐに本人がやってきた。

面会場所はプフレの執務室。こちらの懐に飛び込んできた形だが、全く躊躇《ちゅうちょ》してはいない。手の内にある交渉材料に、絶対の自信を持っているのだろう。つまりプフレとシャドウゲールの関係を把握しているわけで、下手な交渉の余地はないということだ。

シャドウゲール——護《まもり》の顔が頭に浮かび、プフレは眉の上に指を当てた。

シャドウゲールの存在は、極力表に出してこなかった。「魔法の国」関係者でプフレとの間柄を知る者はごく限られる。デリュージ単独で知り得る情報とは思えない。彼女の背後にいったい誰がいるのか。

「……それで、君の要求はなんだい？」

「人手を貸して欲しい。多くは必要ない、二、三人ほどで十分です。その代わり、あなたの持つ最強の戦力を」

「なにをやらせようというんだい？」

「……それは」

「関係ない、とはいうまいね？　一口に『最強』と言っても、シチュエーションによってどういった種類の力が必要か変わってくるはずだ。目的を聞かずに最適な人材を提供することはできない」

「……ええ」

「君達が失敗すればシャドウゲールが戻ってこない可能性がある以上、私としても万全の選定をする必要がある」

「……随分《ずいぶん》と協力的ですね」

「君がそう仕向けたんじゃないか。さあ、目的を」

「……プク・プックの子飼いの魔法少女『プレミアム幸子《さちこ》』を、オスク派が狙っています。それを横から奪い取りたい」

　さすがに、すぐには言葉が出なかった。

「驚いたな。誘拐の身代金交渉で、別の誘拐を行うための人材を要求するのもさることながら、『魔法の国』のトップたる三賢人の内、二人に同時に喧嘩を売ろうとするとはね」

「怖《お》じ気《け》づいたんですか？」

「当たり前だよ。まともな魔法少女が考えることではない。自分がどれだけ重大な要求をしているか、理解はしているのだろうね」

「あなたには関係のないことでしょう」

「急造とはいえ、陰謀の仲間につれないじゃあないか。他にも同志がいるのなら、ぜひ紹介してほしいところだが」

「……プレミアム幸子は、現在プク・プックの屋敷を出奔《しゅっぽん》し、W市内に潜伏しているという情報を得ています。先日の事件が尾を引いている以上、プク派もオスク派も大捕物にはしたくないはず。それぞれの精鋭が速やかに幸子を回収したいと望んでいる中、その鼻先から対象を回収できるほどの実力の持ち主が欲しい」

「ほう」

　プフレはあらためて、目の前の魔法少女を観察した。

　表情や呼吸、発汗、言葉遣い、発言、あらゆる要素がその者の人物を教えてくれる。デリュージという魔法少女は、記録の通りなら魔法少女になって間もないだろうに、十分な貫録を備えている。落ち着きと冷静さを持ち、今ある材料から物を考えることができる魔法少女だ。人造魔法少女だから、というわけでもあるまい。

「承知した。急ぎ魔法少女を手配しよう」

◇プリンセス・デリュージ

　プフレという人物について、事前にはほとんどなにも教えられなかった。いろんな魔法少女に顔が利《き》く、人事部門のトップということだけだ。自分から聞く気も起きなかった。

シャドウゲールとどういう関係なのかについても興味はない。目的のために利用する相手。ただそれだけだ。

しかし実際に話してみて、尋常ならざる相手であることを痛感した。

彼女の反応は、予想されていたものとはまるで違う。底が知れない。交渉の相手として、一瞬たりとも油断することはできない。デリュージは表情を変えずに気を引き締め直した。

自分が今からやろうとしていることに思いを馳《は》せると、足が震えそうになる。

だが、もう後戻りができるはずもない。


事件の後どういう状態にあったのかはよく覚えていなかった。直後は、血液や唾液を採取されたり、繰り返し質問されたり、そういったことばかりだった。その過程で誰が生き残って誰が殺されたのかを知った。ピュア・エレメンツはデリュージを除いて全員殺された。質問者はそういったことを気遣おうという心配りを持たなかった。

そこからぽっかりと空白の期間がある。後から考えてみれば一ヶ月ほどだったらしいが、自分がなにをしていたのか、誰と一緒にいたのか、どこにいたのか、曖昧《あいまい》にしか覚えていない。個人住宅で家主と一緒に生活していた、くらいのぼんやりとした記憶だけがある。家主は魔法少女だった気もするし、人間だった気もする。複数人いた気もするし、一人しかいなかった気もする。ペットを飼っていた気もするし、動物はいなかった気もする。良い人達だったとは思う。優しくしてもらったはずだ。なんとなく覚えている。

家主側になんらかの事情があって、デリュージは仮の住まいから移動せざるをえなくなり、戻ってきた場所は自宅だった。「魔法の国」が魔法的な処理をしていたらしく、家族の反応は普段とまるで変わりなかった。

そこからはそれなりに覚えている。

週に三、四日ほどの割合で、研究部門の本部というビルに出頭することを要求された。研究対象としてのデリュージの役割は、まだ終わってはいなかった。その施設では、「ブルーベル・キャンディ」と名乗る魔法少女が、いつもなにかと世話を焼いてくれた。

ある日ブルーベルが、他の魔法少女を注意している声を漏れ聞き、デリュージは今の自分の立場を知った。

ブルーベルは「人造魔法少女だって関係ないでしょう。今は同じ魔法少女仲間なんだから」といっていた。人造魔法少女というものがデリュージのことを指しているのは会話の前後でなんとなくわかった。

もう少し周囲に注意していればもっと早く気付いていただろう。よく見ればデリュージを見る魔法少女達の目が他とは違うし、デリュージに対する言葉遣いにも違和感がある。

プリンセス・デリュージは、変身前の青木奈美《あおきなみ》の頃から、そういうことに関しては鼻がきく。除《の》け者にされないよう、虐《いじ》められたりしないよう、自分がどう思われているのか、どのポジションに収まっているのかを的確に把握し、クラス内での位置取りに腐心していた。

　ここ一ヶ月はそんな余裕も無かった。学校にも通わず、泣き暮らしていた。雑談の中で得た情報からクェイクの、インフェルノの、テンペストの家を周り、線香をあげさせてもらったり、押し入れの中のスケッチブックをもらっていったりした。どの家族も悲しんでいた。記憶を操作しているとは聞いていたけど、死んだという事実が覆《くつがえ》るわけではない。スケッチブックの中の仲間達は変わらない笑顔で笑っている。

　ベッドの上でスケッチブックを眺めるだけの生活を送った。両親は半月経過したあたりで「このままではいけない」とでも思ったのか、強く注意されるようになり、それでも泣き続けた。家族にも、他の誰にも相談することはできない。悲しいことも悔しいことも苦しいことも腹の立つことも止められはしない。

　家には居づらいのでブルーベルに勧められて研究部門のビルに入り、そこの休憩室で寝泊まりするようになった。

　泣き暮らしている時は、仲間のことを考えていた。一緒にピュア・エレメンツとして活動していた四人の仲間達。元気で明るい小学生のプリンセス・テンペスト。活動的で運動が得意な高校生のプリンセス・インフェルノ。優しくて頼りになった大学生のプリンセス・クェイク。そして同級生だったプリズムチェリー。

　なんでこんなことになってしまったのか。皆を魔法少女にしてくれた田中《たなか》先生はいったいどこに行ったのか。異次元存在であるディスラプターと戦うのがピュア・エレメンツの使命だったはずなのに、なぜ魔法少女達と殺し合わなければならなかったのか。

最期まで他人を思いやり、敵のことまで思いやったせいで殺されたフィルルゥのことを思い出す。彼女は殺され、デリュージは生き残った。なんのために？

私は私のできることをするからと叫んで敵に向かっていったプリズムチェリーを思い出す。彼女は戦うことが苦手だった。戦闘訓練は曖昧な笑顔でやり過ごしていた。その彼女が自ら敵に向かっていき、そして殺された。

死んでいい者は一人もいなかった。死にたかった者も一人もいなかった。皆が生きようとして、それが叶わずに殺された。魔法少女達に。グリムハート。そしてシャッフリン。

湧《わ》き上がってきた感情は悲しさだけではない。怒りがあった。グリムハートとシャッフリンが捕えられたことはブルーベルが教えてくれた。拳を振り下ろす相手はもういない。自分達では逃げることしかできない相手であっても、どこかの誰かは捕まえることができた。世界を救うために活動していたピュア・エレメンツは物語の英雄でも伝説の勇者でもなく、ただの被害者として処理され、本当に強い誰かの活躍によって悪党は処せられた。

自分達はなんだったのか。なんのために魔法少女になったのか。

プリズムチェリーなら知っていたのだろうか。彼女は「普通の魔法少女」だったらしい、ということはブルーベルが教えてくれた。普通の魔法少女は、定期的に薬を摂取する必要もなく、ずっと変身していることができる。普通の魔法少女は、変身するためにプリンセスジュエルを必要としない。普通の魔法少女は、四人で一斉に攻撃してもアルティメットプリンセスエクスプロージョンを放つことなんてできない。普通の魔法少女はディスラプターと戦ったりせず、小さな人助けのために町を走り回っている。

全てブルーベルが教えてくれた。寒ぎこんでいるデリュージになにかと構ってくれたのはブルーベルだけだった。研究部門の本部ビルは、詰めている魔法少女も、訪ねてくる魔法少女も、皆が皆忙《いそが》しそうで、デリュージに話しかけてくるような魔法少女はブルーベル以外にいなかった。一見最新のビジネスビルだった本部は、中で働く者もビジネスマン相応に忙《せわ》しなかった。

ある時ブルーベルは「気分を変える魔法のキャンディーを生み出す」魔法を使った。綺麗な緑色の飴玉を掌《てのひら》から生み出し、口に含んでみるよう促《うなが》された。毒でもないだろうと口に入れると、途端に溶けて消えた。味は良かったような、悪かったような、なんともいえない。確かに少しだけ気分は良くなった。胸につかえていたものが無くなったわけではないが、ほんの少しだけ小さくなった、そんな気がした。

ブルーベルにそう話すと「良かったねえ」と我が事のように喜び、デリュージもつられて笑った。事件以来、初めて笑ったのではないかと思う。

なんとなくプリズムチェリーのことを思い出した。プリズムチェリーは自分の魔法をどう役に立てればいいかと思い悩み、皆で知恵を合わせてディスラプターに太陽光を浴びせるという作戦を考え付いた。あの時は本当に嬉しそうに笑っていた。

ブルーベルは、魔法だけでなく、雰囲気というか、言葉にしにくいなにかがプリズムチェリーに似ている、という気がする。見ていると自然にプリズムチェリーの顔が思い浮かぶ。押しつけがましい親切だと思っていても断り難《がた》い。

デリュージはブルーベルと行動を共にすることが多くなった。デリュージをかまう者が他にいなかったのもあるし、ブルーベルが本部の中で最も暇だったというのもある。ブルーベルと一緒にいると、なんとなく仲間のことを思い出すことがあり、デリュージとしてもブルーベルを拒否することができなくなっていた。

ブルーベルと昼、一緒にいて、夜、一人になる。まるで仲間達が傍らにいるかのような錯覚は砂で作ったお城のように崩れ去り、デリュージ一人だけがベッドに腰掛けている。クェイクはいない。インフェルノはいない。テンペストはいない。チェリーはいない。全員殺された。正式な魔法少女である連中に殺された。ふと顔を上げると、そこに仲間達がいて、手を伸ばすと消えてしまう。どこかから声が聞こえるのに、姿は見えない。毎日が繰り返される。仲間達はいない。殺されてしまったから。

「協力者」がデリュージに接触してきたのはそんな時だった。

◇プフレ

「どうぞ」

「失礼します」

ノックの音に応え、客を招き入れる。黒一色の魔法少女を先頭に、大きな眼鏡の魔法少女、学者帽に白衣という魔法少女が続く。

「お久しぶりです」

「どうもっす」

学者帽と眼鏡がどこか楽しそうに入ってきてプフレに頭を下げた。

「いや、なんかスゴイことになってるらしいじゃないですか。この件に絡んでパトリシアがぶちのめされたって聞きましたですよ。しかも一対一で」

「うへえ。本当に。あの他人《ひと》殴るために生まれてきたような女原人が。一対一で」

学者帽が話し、眼鏡が驚く。内容は物騒だが、やはりどこか楽しそうだった。

「率いてた傭兵《ようへい》部隊も全滅したって」

「えええ。パトリシア率いる傭兵部隊が全滅」

漫才のようでもある。

「新型の悪魔が使われてたって」

「いやあああ……私、帰っちゃダメ？」

「いいわけないです。仕事しないで給料もらおうとか大事《こと》ですよ」

学者帽の魔法少女は物知りみっちゃん。眼鏡はグラシアーネ。一目見て彼女達が戦いを得意とする魔法少女だと見抜く者は滅多にいない。相当の使い手であっても騙される。だからこそ、他の魔法少女に混ざって何食わぬ顔で平凡な生活を送ることもできる。

他の二人とは違い、黒一色のダークキューティーは言葉少なだった。登場人物のモデルとしてアニメーションにも出演したことがある彼女は、普通に魔法少女生活を送っていても無暗《むやみ》と目立つ。有名人はただ動いているだけでも他人の目を引くものだ。噂によると任務以外では引きこもっているらしいが、自分の生活を犠牲にしてでも仕事に生きようという魔法少女なのかどうかは疑わしい。この三人が一緒に仕事をする時は、ダークキューティーがリーダーとなる。

「パトリシアはいいやつだった」

ダークキューティーは誰に話すともなしに呟いた。

「いいやつは悪役に殺される」

「無情な話です」

「だねえ。ところでそちらの方は？」

みっちゃん、グラシアーネ、ダークキューティーの視線がデリュージに集まった。

デリュージは全く臆《おく》することなく魔法少女達の視線を受け止め、プフレにちらと視線を送ってから小さく頭を下げた。

プフレが口を開いた。

「今回の仕事では、彼女の指揮下に入ってもらう。彼女が目的を達成できるよう、全面的にサポートしてほしい」

三人の警戒心が強まるのがわかった。デリュージから視線を外さないまま、みっちゃんが確認の問いを口にする。

「それが、人事部門からの依頼なんですね？」

「ああ、そうだ」

あくまで、クライアントは人事部門だということを確認している。

三人は、普段は普通の魔法少女に混じって活動しており、いざという時だけ呼び出される凄腕のプロフェッショナルだ。仮にプフレの紹介があったとはいえ、初対面の相手に雇われるほど安くはないし、無能に使われることがなにより危険ということを知っている。

悪役であることに誇りと怒りと恨みと喜びと後悔と快楽と優越感と劣等感を抱き、歪んでしまった部隊長、ダークキューティー。無手で敵地に潜入し、あらゆる武器を用いて任務を完遂する生まれながらの暗殺者、物知りみっちゃん。基地の奥に籠《こも》りながらも前線どころか敵陣の内側深くまで見透《みす》かす絶対的な観測手、グラシアーネ。

彼女達は一筋縄ではいかない魔法少女だ。使うにも骨が折れる。

プフレは両手を合わせ、呼びかけた。

「これから一緒に戦う間柄だ。お互い自己紹介しよう」

◇プリンセス・デリュージ

不愛想なダークキューティー、物腰の柔らかな物知りみっちゃん、賑やかなようで目は笑っていないグラシアーネ。三者三様の魔法少女だったが、共通している点もあった。三人とも隙《すき》が無い。

デリュージはこの三人を使って目的を果たす。復讐をする。唆《そそのか》されているだけなのかもしれないし、煽《あお》られただけなのかもしれないが、それでもいい。事実が事実として存在し、仲間の犠牲の上にデリュージが立っているのなら、たとえ自分を利用しようとする者に使われているだけだとしても、それでいい。

発端は一枚の紙だった。研究部門の仮眠室でデリュージが使用しているベッドの上に、一枚のコピー用紙が畳んでおいてあった。私は君の味方だ、君の知らないことを教えてあげるということが書いてあり、それから不定期に紙が置かれるようになった。

もたらされる情報は気になるものばかりだったが、それが正しいかどうかを保証してくれる者はいなかった。確かめることはデリュージ本人にしかできない。

デリュージは、ブルーベルを利用することにした。仲間達の思いを引き継いで私は立派な魔法少女になりたい。だから魔法少女のことを、「魔法の国」のことをもっと知りたい。ブルーベルにそう話すと、目に涙を浮かべて「デリュージちゃんは本当に立派だ」と褒《ほ》めてくれ、色々な場所に連れていってくれるようになった。ただの暇人というわけではなく、それなりに権限を持っているようで、連れていってくれる場所は中々バリエーションに富んでいた。

スカウトが魔法の才能を持つ者を探しているところへ。

複数人集まった魔法少女の卵達が正式な魔法少女になるべく試験を受けているところへ。

魔法少女の歴史について記された本が納めてある魔法少女専用の図書館へ。

他にも特別なゲートを通って魔法少女の刑務所跡地に案内してもらったり、戦闘訓練をしているという魔法少女の集団に混ぜてもらったり、魔法少女の助けとなるアイテムやマスコットキャラクターの研究をしているという施設を見学させてもらったりした。

ブルーベルは自ら積極的に動くようになったデリュージを見て我が事のように喜び、他にもやりたいこと、見たいことがあればなんでもいってくれと請け合ってくれた。

ピュア・エレメンツが活動していた研究所をもう一度だけ見たい、と頼んだ時はいい顔をされなかったが、最後の思い出としてどうしても見たいと頼みこんでどうにか連れていってもらった。研究所はそこかしこがテープで封印されていて、入れない所だらけだったが、捜査員らしい魔法少女にお願いしてブリーフィングルームに入ることができた。

ブルーベルは物珍しげに周囲を見回していた。デリュージにとっては懐かしい場所だ。まだ一ヶ月と少ししか経っていないのに、大昔からここで活動していたような気がする。そこのテーブルにテンペストが足をかけてインフェルノに叱られたことがあった。テンペストは泣きだしてクェイクの胸に顔を埋め、クェイクは酷く難しそうな表情でテンペストの頭を撫でていた。テーブルや椅子、天井や床を見るだけでそんな思い出がいっぱい溢れ出てくる。そして最後の最後に出てくる思い出はいつも変わらない。

デリュージはブルーベルにお願いをした。仲間達はどんな最期を迎えたのか知りたい、どうにかしてそれを知る方法はないだろうかと頼みこんだ。それを知ってもいいことはないと渋っていたブルーベルも「踏ん切りをつけて魔法少女としての一歩を踏み出すためにも知っておきたいんです」と熱意を込めて語ると、すぐにほだされた。一生懸命で真面目なふりをすることは昔から得意だった。ブルーベルは、目に涙を浮かべ「だったら協力するよ」と手伝ってくれ、そのおかげでデリュージは仲間達の最期を知ることができた。

それから一週間も必要なかった。デリュージは、ブルーベルのパスを使って研究所に忍びこんで各種アイテムに新型のディスラプターをはじめとした複数の実験体を奪取、協力者の情報と指示に従ってシャドウゲールを襲い、これも確保した。

◇プフレ

ティーカップに口を当てると既に冷え切っていた。ぬるい紅茶を口の中に入れることなく、ソーサーの上に戻し、手の甲でテーブルの隅に寄せた。大理石のテーブルは滑りが良い。ティーカップは慣性に従いテーブルの下に落ちかけ、掌で受け止めた。

魔法少女は飲食による栄養補給を必要としない。紅茶を飲むのもお菓子を食べるのも意味はないが、儀礼的なものだったり、嗜好品《しこうひん》として楽しんでいたり、人間として続けてきた習慣の惰性《だせい》であったりして、なんだかんだでお茶くらいはと愛好する魔法少女は多い。プフレにとっても嗜好品の内だが、冷めて不味くなった紅茶を楽しもうとは思わなかった。

プフレは車椅子の背にもたれかかった。部屋の中にはプフレ一人しかいない。他は全員外仕事だ。

プフレはここまで考え続けてきたことを整理していた。

なんらかの理由で自分の記憶が不完全であるらしい。原因や理由について調べ終わるよりも早く今回の事件が起こった。関係していないかといえば、そんなことはないだろう。

デリュージがオスク派に恨《うら》み骨髄《こつずい》というのはわかる。グリムハートはシェヌ・オスク・バル・メルの現身の一人だ。デリュージの仲間達や、デリュージを助けようとした魔法少女達の生命を奪ったのはオスクそのものに等しいと考えるだろう。

プク派が儀式を行おうとし、オスク派が力で邪魔しようとし、プレミアム幸子という儀式の核となる魔法少女の身柄を押さえようとW市で争っている両派の間に入り、プレミアム幸子を掻《か》っ攫《さら》おうとしている。オスク派にとってはしてやられたことになる。プク派となんらかの交渉をするにしてもプレミアム幸子を手元に押さえておくことは大きい。

それはわかる。わかるが、なぜデリュージはそこに至ったのか。魔法少女界とは隔絶した場所で訓練をしていた彼女は、オスク派がどうとか三賢人がどうとか知るわけがない。表に出ている情報というのは、プフレの立場だから知り得る情報ということでもある。各部門に情報の根を伸ばし、本国筋でも数人の情報提供者を抱えている。だからこそ知ることができた。被害者とはいえ、一魔法少女であるデリュージがそこまで詳細な情報を知ることはできない。シャドウゲールのこともある。極力表には出してこなかった。存在を知っている者だけでも限られる。

誰かが教えた。ではその誰かとは誰のことなのか。

オスク派そのものを襲わせるのではなく、オスク派の欲しがっているプレミアム幸子を奪わせるというやり方も復讐者のそれとしては少々迂遠《うえん》に思える。裏で糸を引いている者がいるとして、その誰かが幸子を欲しているのか。それともプク派と取引をしたがっているのか。シャドウゲールを攫ってプフレを動かしたように、プレミアム幸子を攫ってプク派を動かそうとしているのか。プク派が行うという儀式に関わろうとしているのか。プレミアム幸子には儀式のパーツ以上の意味があるのか。推測しかできないというのはよくあることだが、推測すら難しい要素が多い。

　ノックが三度繰り返され、プフレは思索を打ち切った。

「どうぞ」

　呼びかけに従い、物知りみっちゃんが顔を出した。

「そろそろいいですかね？」

「デリュージが満足いくような仕事をしてやって欲しい」

「なるほど……了解です」

「ああ、ちょっと待った」

　出ていこうとしたみっちゃんを呼び止め、ティーカップを指差した。

「冷めてしまってね。変えてくれないか」

「少々お待ちを」

　ダンボール箱を床に置き、みっちゃんはプフレのティーカップを手に取った。

「紅茶《こうちゃ》を昆布茶《こぶちゃ》に」

　みっちゃんが持ったカップから湯気が立ち、爽やかな香りが鼻腔《くう》を抜けた。仄かな塩気と昆布の旨味を感じる。プフレは僅かに口元を弛め、右手を挙げた。

いつ見ても素晴らしい魔法だ。手に持ったものの名称を一文字だけ別の文字に入れ替え、ちがうものに変換してしまう。手に持てるサイズまで、また無生物に限るなどといった制限はあるが、それにしても自由度が非常に高い。

「他の物にしますです？」

「昆布茶の気分になった。それをいただこうか」

恭《うやうや》しく差し出されたティーカップを受け取り、一口含んだ。

「良い仕事だ」

「それは良かった。では私は仕事に戻ります」

みっちゃんは部屋から出ていき、プフレは再び思索に戻った。

プフレは相手を見れば人物がわかる。かつてそれを信じ過ぎていたため、魔法によって表情を隠され心を乱されたせいでしてやられたこともある。だが該当しそうな魔法少女の中にはそういった魔法を使う者がいない。外部から協力を受けているのか。

デリュージと接触できた魔法少女で、現在は別行動をとっている者。幾人かの顔が頭に浮かんだ。裏切られて嬉しいという相手はいない。プフレは昆布茶を啜《すす》った。

◇グラシアーネ

みっちゃん待ちだ。場所は裏庭。裏庭といっても庭木や庭石、芝生、全てに金がかかっていそうに見える。こういう物は見ていて腹が立ってくる。

グラシアーネは月に一度だけケーキ屋を営業している。ラーメン屋を居抜きで買ってケーキ屋に改装、月に一度だけ開店し、パティシエールモチーフの魔法少女と共に魔法のケーキを作り、それを売る。「店構えは小汚いのにケーキが滅茶苦茶美味しい」とか「物凄い美少女のケーキ職人が作っているらしい」とか、そういう噂を耳にしてはほくそ笑んでいた。今回は急な呼び出しで月に一度の楽しみを中止した。

みっちゃんも「今日は隣県に出来たばかりの大規模図書館に行ってたっぷりと堪能するつもりだった」とこぼしていた。こちらもこちらで気の毒な話だ。

にも関わらず、今回全面的にサポートすることになった相手、魔法少女「プリンセス・デリュージ」は非協力的だった。グラシアーネが十代の尖ってる頃だったら奇声をあげてぶん殴ってやりたくなるくらいには非協力的だった。「プレミアム幸子の奪取」という最終目的だけを告げ、あとはお互いの魔法を教え合おうという呼びかけに応えず、そもそも挨拶さえせず、最低限度の受け答えさえすることなく、黙りこくっている。

周囲には四角い羽を背中に浮かせた黒い生き物が旋回し、下手な対応をしようものならこちらに攻撃してきそうだ。通称「悪魔」、主に魔法使いが護衛として使う魔法生命体だ。グラシアーネはそれなりに長い間、人事部門の裏仕事を任されてきた。悪魔が味方になることもあったし、悪魔と敵対することもあった。だが、デリュージが連れているような型《タイプ》は見たことがない。

つまり新型だ。新型の悪魔を使うことを許された魔法少女、というのは相当な大物だろう。怒らせていい相手ではないし、もちろんぶん殴って許される相手ではない。怖い物には触れない。臭い物には蓋《ふた》をする。この業界で長生きをしたければ賢明で慎重な生き方が要求される。賢明で慎重な生き方に耐え切れなかった者は魔法少女のレールから脱線するか、人生のレールから脱線するか、どちらかだ。グラシアーネはどちらも選ぶつもりはないのでぶん殴らない。たまに呼び出された時はストレス解消、それ以外は趣味のお菓子作りをしていれば高給が貰えるという生活を捨てるのは惜しい。

「ごめんごめん、待たせたですね」

館の裏口から出てきた物知りみっちゃんが顔の前で手刀を切った。

「いやいや！　別に待ってないから。なんだったら十日くらいここにいたっていいのよ？」

「アーネはそうやってすぐに怠けようとするです」

「みっさんはそういうけどさー、私らが働き者にならなきゃいけない時って絶対物騒《ぶっそう》なことになってんじゃーん。そういうのがもうね、なんというかね、嫌」

二人はひとしきり笑った。ダークキューティーが一人黙りこくっているのを見てグラシアーネは眼鏡の位置を整え、物知りみっちゃんは白衣の襟元《えりもと》を寄せた。

「今回はかなりハードな仕事になりそうです。ボスの雰囲気が違ってたです」

「人死に、出そうだよねえ……やーだなあ」

「三賢人の勢力争いに嘴《くちばし》突っ込むってからには覚悟しないといけないですね」

みっちゃんは、殺す覚悟と死ぬ覚悟をして仕事に臨《のぞ》めといっている。堅苦しいなあ、おい、と口には出さず、頷いてみせた。面倒な仕事と大変な仕事の時にしか呼ばれないのだからこんなことだってある。ボスがどういう目的で争いに介入しようとしているのか、といったことを教えてもらう権利もない。

「こっちは準備万端です」

「右に同じく」

「ではいつものように」

「これから作戦開始ですね」

物知りみっちゃんが、わざわざ「作戦開始」などというのを初めて聞いた。そんなことを口に出さずとも、わからないはずがないだろうと思っている部隊長がダークキューティーだ。みっちゃんとグラシアーネだけならそれでいいが、デリュージがいればそういうわけにもいかない。ダークキューティーは気遣いができるような魔法少女ではないから、彼女だけに任せておくわけにはいかないという心の配り方がサブリーダーたる所以《ゆえん》だ。伊達にさん付けで呼ばれていない。

「まずプク・プックの屋敷を目指すということで。アーネは視点移動してくれてるです？」

「W市行きの話聞いてからすぐに動いたっつーの。任せとけっつーの」

物知りみっちゃんは殊更《ことさら》に大きな声を出している。普段、指示を出す時だろうと注意を与えねばならない時だろうと、みっちゃんが声を大きくすることはない。感情によって声を荒げることさえない。そもそも感情を大きく動かすタイプではない。

みっちゃんがいつになく大きな声を出している理由はわかる。デリュージに対しても聞こえるようにしているのだ。デリュージの指示で、とプフレから命じられたのにデリュージ本人が全くディスコミュニケーションなので、こちら側で打ち合わせをするしかない。

推定偉い人であるデリュージの機嫌を損ねることなく、自分達の方針を知ってもらおうとしている。たとえ相手がコミュニケーション能力を欠いている魔法少女だとしても、偉い人であるなら邪険にするわけにはいかないというみっちゃんの心配りが見て取れる。

ダークキューティーがリーダーとして無能というわけではない。要は役割分担だ。ダークキューティーはアニメに登場した魔法少女として知名度が高く、黒一色のコスチュームはいかにも押し出しが強い。眼差しは暗く、それでいて威圧感がある。先頭に立たせておくだけでも事が上手く運ぶことが少なくない。端的にいえば、学者モチーフの物知りみっちゃんと眼鏡にお菓子のグラシアアーネでは「見た目でナメられる」ことがある。

役割分担というならグラシアーネもグラシアーネの仕事をしなければならない。呼び出されてからやった仕事らしい仕事といえば、ダークキューティーからデリュージの印象について訊かれ「悪役っぽいですよね」と答えたことくらいだ。こういっておけば、ダークキューティーはデリュージをとりあえずの味方として扱ってくれる。悪役についてどういう主張を持っているのかを聞いたことはない。悪役っぽいといっておけば、ダークキューティーは悪いようにしないという事実だけが有れば良かった。

「では――」

ここまで口にし、みっちゃんが身構えた。ダークキューティーが両腕を十字に重ねてみっちゃんの背後に移動、半テンポ遅れてグラシアーネが二人の間に陣取《じんど》る。

「デリュージちゃん！」

突然の来訪者に警戒を見せた三人がまるで見えていないかのように、鈴蘭《すずらん》を背負った魔法少女が玄関先から庭を横断し、デリュージの元に向かった。「なんでこんなことを」とか「なにかあれば私に相談してくれれば」といったことを話しながらデリュージの肩を揺すっている。デリュージは心底面倒臭そうな顔でされるに任せていた。

みっちゃんはダークキューティーを見たが、ダークキューティーは涼しい顔をしているだけで動こうとはしない。グラシアーネはみっちゃんがこちらを見る前に素早く目を逸《そ》らした。みっちゃんが溜息を吐いた。

「すいません、デリュージさん」

デリュージがみっちゃんを見た。

「その人、大丈夫ですか？」

腰が低く、丁寧で、でも有無をいわせない。デリュージは嫌そうにみっちゃんを一瞥《いちべつ》し、すぐに鈴蘭の魔法少女に目を移し、

「彼女も一緒に来ますので」

吐き捨てるようにいった。

殴りこみが家族同伴になったような、そんな緩さを感じてグラシアーネは鼻で笑った。

◇ブルーベル・キャンディ

初めてデリュージと会った時は物珍しさが先行していた。

「魔法の国」の力に頼らず、人の手によって生み出された魔法少女という謳《うた》い文句から少年漫画的な格好良さと浪漫《ろまん》を感じ、そういったものを好んでいるブルーベルは好奇心を刺激され、柱の陰からそっとデリュージを盗み見た。

一目見て、好奇心から興味を持った自分を恥じた。

悄然《しょうぜん》と肩を落として待機室の椅子に座る彼女の姿は、とても「可哀想」で、なのにブ

ルーベルが憐れむのは失礼ではないかという気がした。目を逸らそうとしたが、どうしても逸らすことはできず、ブルーベルは柱をぎゅっと握ったままデリュージを見詰めた。デリュージは「可哀想」なのに、とても「綺麗」だった。ティアラを飾る光り輝く宝石も、同じ色の青い瞳も、魔法少女と変わらない美しさのはずなのに、魔法少女とは全く違う。

　ブルーベルはデリュージの世話係に立候補し、困っていることはないか、欲しい物はないかと気遣い、デリュージの悪口をいっている魔法少女には注意し、そのせいで今度はブルーベルが意地悪をされるようになり、おやつが無くなっていたり、愛用のペンが無くなっていたりしたが、それでもブルーベルはデリュージから離れなかった。

　どうせデリュージと出会う前から研究部門の魔法少女達から相手にされていなかった。ブルーベルはみそっかすで役立たずの無駄飯くらいなんて悪口をいわれてたことだって知っている。だったら除け者にされていたのが邪魔者にされるようになったくらいの違いでしかない。私だって好きにやらせてもらうからね、と割り切った。

　デリュージを放っておいてはいけない。放っておけば壊れて消える。そうならないためにはブルーベルがついていなければならない。

　デリュージも少しずつ、ほんの少しずつ心を開いてくれた。これが欲しい、こういうことがしたい、といったことをブルーベルに頼んでくれるようになり、ブルーベルはできる限り、それに応えてあげた。時にはできる以上のことを求められることもあったが、上司を拝み倒すことでどうにかクリアした。

ある時、デリュージは一冊のスケッチブックを見せてくれた。ブルーベルに絵心は無かったが、見れば「ああ、これは上手いなあ」と思えるくらい、楽しそうに笑う子供達が生き生きと描かれていて、ここがスゴイ、ここは上手い、と褒めてあげるとデリュージは照れ臭そうに、でも嬉しそうに微笑んだ。

デリュージにこんな特技があったとは思いもよらなかった。

他にもスケッチブックはあって、それは今度見せてもらう、という約束だったのに、その約束が果たされる前にデリュージは事件を起こしてしまった。

こうなってしまってもデリュージを見捨てようという気にはならない。デリュージの隣には、たとえそこにいるだけだとしても魔法少女が必要だ。誰かがいるだけでも、それはデリュージの支えになる。きっとなる。


その日の朝、研究部門のビルに出社してデリュージの仕出かしたことを聞いた。最初は単に不愉快な気持ちになった。デリュージが人造魔法少女だからという理由で除け者にしようとしている魔法少女がいる。そういった心無い魔法少女達が口にする悪口の亜種と考えたからだ。

被害にあった研究所や資料室の惨状を見て回り、デリュージに連絡を取ろうとしたがメールも電話も全て不通、ブルーベルが持っていた研究所のパスは財布の中から無くなっている、というところまで確認してようやく現状を認識することができた。腰が砕けそうになったが、砕けている場合ではなかった。

人造魔法少女関連の装備品と薬品、研究資料が粗方《あらかた》掻っ攫われ、デリュージ達の研究を元にして生み出されたという人造魔法少女二体、新型の戦闘用ホムンクルスと製造装置、その他諸々が奪われた。警備のホムンクルスは蹴散らされ、常駐の研究員は賊に武器を突きつけられて金庫を開けてやってから叩きのめされた。研究員が語った賊の特徴はデリュージ以外の何者でもなく、その他の状況証拠全てがデリュージが犯人であると示している。

最後にブルーベルは、デリュージが間借りしている仮眠室へと行き、折りたたまれた紙がベッドの上に置いてあるのを発見した。

それを読んだブルーベルは午後の仕事全てを放棄し、デリュージを追って飛び出した。

◇物知りみっちゃん

鈴蘭の魔法少女はデリュージの知り合いらしい。デリュージが認めた以上、みっちゃん達にも追い返す権利はない。

件《くだん》の魔法少女とデリュージはまだ何事かやり合っていた。

「結局、どなたなんですかね」

「知り合いっぽいけど」

「時間かかりそうですね」

「だねえ」

「お茶にするです？」

「さっき飲んだばっかりじゃないさー。これ以上飲んだら水ッ腹だっつーの」

「今日は一つお願いがあってですね」

みっちゃんは袋の中に手を入れ、三枚の色紙と油性マジックを取り出して卓上に置き、ダークキューティーの方へすっと押しやった。

「知り合いからサイン頼まれてですね。リーダー、お願いしていいです？」

ダークキューティーは無言のままマジックを手に取り、気持ち良い音をさせてキャップを外し、さらさらと色紙の上にマジックを滑らせた。

「ひゃっほう！　さっすが有名魔法少女！　書き慣れてるし頼まれ慣れてるねえ！」

「アニメ化すると知名度がダンチですからねえ」

「特にキューティーヒーラーシリーズなんてスーパーメジャータイトルだもんね！　いいなあ、いいなあ！　私も一度でいいからアニメになってみたーい！　スーパーめがねちゃんとかそういうタイトルで放映されたーい！」

ダークキューティーに纏《まつ》わる噂話は知っていた。キューティーヒーラーギャラクシーは放送中に広報部門トップの不祥事が明るみに出て辞任、番組は入れ替わりでトップに立った新たな部門長の横槍で路線変更し、その煽りを受けてダークキューティーのポジションが酷く中途半端なままエンディングを迎えてしまったのだという。

みっちゃんは、過去一度だけ、ダークキューティーの自宅を訪れたことがある。ちょっとした機嫌伺のつもりだったのに、築後五十年は経過していそうなアパートの薄暗い一室で、キューティーヒーラーギャラクシーのＤＶＤを最初から最後まで視聴するはめになった。ラスト、ダークキューティーが主人公達に復讐を誓って雑踏の中に消えていくところで、現実のダークキューティーがＤＶＤの電源を落とした。画面はリアルタイムに切り替わり、キャスターが深刻そうな面持ちで画面中央に鎮座していた。身体に爆弾を巻いた八歳の少女が市場で起爆したという外国のニュースを不思議議とはっきりと覚えている。

「そういえば来季の話聞きましたです？」

「次のシリーズの話？　主役候補の選定が終わったらしいって話だよね、だよね」

「それがですね。ほぼ決まってた候補者が白紙に戻されたそうですよ」

「ひえぇー！　そりゃまたなんでさ」

「ＳＮＳで自分が来季のキューティーヒーラーに関わるってことを明かしたらしいです」

グラシアーネはズレかけた眼鏡に指を当て、位置を戻した。わざとらしく溜息を吐き、大袈裟に肩を竦めてみせた。

「なんでそういうことしちゃうかな！　マジもったいないって！」

「もったいない話ですよねえ」

「だよねえだよねえ。私だってアニメ化して欲しいのになー」

「さっき聞きましたってば。マジカルめがねちゃんでしょ」

「スーパーめがねちゃんだってば！　みっさんちゃんと覚えてよ！」

アニメ化は魔法少女にとってステータスであり、浪漫でもある。幼い頃から魔法少女アニメに親しみ、自分自身が魔法少女になってしまうような極まった存在が、自身のアニメ化に憧憬《しょうけい》を覚えないわけがない。みっちゃんやグラシアーネのような裏稼業の魔法少女でさえアニメ化されればいいいな、と思っている。むしろ裏稼業の魔法少女だからこそ憧れを抱いてしまうのかもしれない。

「つーかさあ、魔法少女はSNSやるなってお達し来てたじゃん。ダメじゃん、そいつ」

「自分は誰それという魔法少女でございます、なんて堂々とやってる人なんていませんですけどね。でも匿名でやってる魔法少女はけっこうな数にのぼるそうです」

「匿名でやってるならバレないだろうになー。本当もったいない。もったいないおばけ出るレベルでもったいない」

「匿名でもね、自分の行動を呟いていれば自然と誰かわかっちゃうもんですよ」

「あー、そういうもんかー」

「できた」

パッと見ではなにが書かれているかわからな見事な「有名人のサイン色紙」が差し出された。色紙の片隅にダークキューティーのデフォルメ顔が描かれている。

「ありがとうございます」

丁重に風呂敷に包んでから袋の中に戻した。

「リーダーはＳＮＳとかやらない系の人なの？」

「やる理由がない」

「リーダーは、そういうとこ賢いですよ」

「なーるほどなー。危ないものにわざわざ手ェ出すことはないってやつかー」

歓談はいつしか仕事の話になっていた。

「パトリシアを倒す敵が相手となると相当に骨ですね」

「さっきも聞いたよ、それ」

「何度でもいいますですよ」

「いや、そういうわけでもない」

ダークキューティーが声を落とした。

「パトリシアを倒した敵は、三叉の槍を使う魔法少女という話を聞いた」

グラシアーネが眼鏡の位置を整え、みっちゃんは片目を眇《すが》めた。

「それって……」

視界の隅でデリュージを捉える。未だ鈴蘭の魔法少女に絡まれていた。傍らには三叉の槍が立てかけられている。

「面倒な事情がありそうです」

「新型の悪魔がどうこうっていう話もあったそうだし」

デリュージの周囲で浮遊している「四角い羽を持った黒いシルエット」はどう見ても新型の悪魔だった。ダークキューティーはグラシアーネの発言に言葉を被せた。恐らくは意図的に。

「我々が関わるべき事情か否かを決める立場にあるのは我々ではない」

「強い人が味方になれば頼もしい、となってくれれば有り難いんだけどな」

視界の隅でデリュージが立ち上がった。そちらに目を向けると、デリュージの表情が変化していた。怒っているようにも見えるし、喜んでいるようにも見える。

「斥候から報告です。プク・プックの屋敷があるW市で魔法少女同士の戦闘がありました。場所は中央公園」

それだけいってその場で飛び上がり、悪魔が二体が飛来し、デリュージを両脇から抱え上げた。数体の悪魔を引き連れ、ぐんぐんと空へ昇っていき、やがて見えなくなる。

早かった。デリュージの動きも早いが、敵の動きも早い。

「ついてこれないやつなら必要ないってことですかね」

みっちゃんが呟き、三人は揃って立ち上がった。だったら置いていってもらおうという給料泥棒はこの場にいない。

「卓《たく》を角《かく》に」

大理石のテーブルを持ち上げ、将棋の駒に変化させる。

「角《かく》を紙《かみ》に」

四メートル四方の大きな模造紙に変化させた。みっちゃんが模造紙の右端を、グラシアーネが左端を持ち、ダークキューティーが日差しに向かって目を眇めながら両手を大きく広げ翼を作った。模造紙に投影された影の翼が羽ばたき、みっちゃんとグラシアーネは模造紙から手を離した。こうなってしまえば、もう支えは必要ない。

ダークキューティーは所謂《いわゆる》お姫様だっこでみっちゃんを抱え、その上にグラシアーネがちょこんと座った。ダークキューティーは大きな翼をはためかせて空を飛んだ。鈴蘭の魔法少女がギリギリで飛びつき、ダークキューティーの脚にしがみついたが、僅かに揺れたくらいで安定している。

昼日中で人目がある。高空での飛行が必須だ。

「すいません！　一緒に連れていってください！」

「はいはい、デリュージさんのお知り合いでしたら問題はないですよ。でもご自分の身はご自分で守ってもらわないとですからね」

幕間

鎧の魔法少女はガチャガチャと音を立てて動いていた。パトリシアの背で殴り合いを見ていた時はそこまで観察する余裕もなかったが、この鎧は錆びついているのかサイズが合っていないのか、とにかくうるさい。

後ろ手に扉を閉めた。閉じた時の音が軋んでいる。それに重い。パッと見の扉は相当に分厚かった。シャドウゲールの腕力では一発で破壊するのは難しいかもしれない。

「なにか……御用ですか？」

部屋の端にまで後退しようとしたが、そちらには影がいるため四隅からは離れ、中央部やや後ろで身構えてそう問うた。みっともいい姿ではない。怯えていることも否定できない。捕虜はもう必要ない、と殴りかかってきたら抵抗さえできないだろう。

鎧の魔法少女はガチャリ、と音を立てて頭部を斜めにした。首を傾げているのにも似ているが、人間に比べると姿勢が不自然だ。魔法少女と殴りあえるだけの腕力、頑丈さを持っているのだから当然魔法少女なのだろうと考えていたが、案外魔法少女ではないのかもしれない。動きに非人間的なところがある。

　鎧は両腕を広げ、掌を閉じては開き、上下に腕を振った。シャドウゲールは眉根を寄せた。なにをいわんとしているのか理解できない。

「いいたいことがあるならはっきりとお願いします」

　鎧は口をきかず、同じことを繰り返した。どうやら喋るということができないらしい。ただ、こちらのアクションに合わせてなにかしらコミュニケーションをとろうとしているらしいのがわからなくもない。その点では、部屋の四隅で守護聖獣のように構え、シャドウゲールが動いた時だけ機械的に反応するだけの黒いシルエット達とも違う。意思の疎通ができないにしても、意志の疎通をしたいという意志は感じる。

「ええとですね。私をここから出してもらえませんか？」

　鎧はコンクリートの上で足踏みをした。地団太《じだんだ》にも見える。少なくとも了承しているようには見えない。ダメ元でいってみただけなので残念ではなかったが、通じているかどうかはいたって怪しい。

　相手に言葉が通じないのであれば、こちらもボディーランゲージを使用すべきではないか、ということを思いつくまでには大した時間を要さなかった。シャドウゲールは、まず入り口を指差し、その後自分を指差し、最後に両腕を振って「走っている」ということを示した。「入口から出ていきたいのですが」ということを伝えたつもりだ。

鎧は右手を自分の顔の前に持ってきてひらひらと振ってみせた。「おおっ」と思った。これはどう見ても拒否している。拒否しているということは逃がすつもりはないということであり、それ自体は良くないことだが、ボディーランゲージが通じているらしいというのは有り難かった。久しぶりに誰かとコミュニケーションをとった、という気がする。

シャドウゲールは自分が知りたいことについて考えた。

希望としては早急に外に出たい。シャドウゲールが捕まったと知ればプフレが無茶をする可能性があり、プフレが無茶をするとスノーホワイトにシャドウゲールが殺される。プフレ本人が知らないため回避し難い災いだ。早くここを出ることができさえすれば、回避以前に災いは起こらない。そのために必要なのは情報だ。

パトリシアは無事なのか。ここはどこなのか。なんの目的で自分は攫われたのか。あなた達はどういう集団なのか。プフレに恨みがあるのか。プフレの仕事に関係しているのか。

恐らく交渉を試みようとしたところで意味はない。交渉が成立するような相手ならパトリシアはあんな目に合わなかった。情報を提供するからとか、魔法によってなにかをしてあげるからとか、こちら側から歩み寄ったところで、相手は譲歩以上のものしか求めてこないのではないか。たとえば、プフレの命が欲しいとか、「魔法の国」を亡ぼすのに協力しろとか、そういう無茶な要求が予想できる。

だったらこちら側から歩み寄ってやる必要はない。相手を騙し、隙を突いて脱出するなり外部と連絡を取る。最初に殴りかかってきたのは相手だ。捕虜になってから相手を騙したところで文句をいわれるような筋合いは無かった。

「とても暇なんですが、テレビを見ることはできませんか？　時間をつぶしたいんです」

手で四角形を描き、それをじっと見るポーズをして、それから両手で自分を仰いでみせた。テレビが欲しいのだということを全身で表現し、繰り返す。シャドウゲールのボディーランゲージをじっと見上げていた鎧が、パン、と手を打ち、踵を返して部屋から出ていった。錆びついたせいで軋みながら閉まる扉を見ながら、シャドウゲールは内心で快哉の声を上げていた。

テレビが手に入ればこちらのものだ。シャドウゲールは魔法によって機械類を改造することができる。周囲で見張っている影に気付かれないよう、少しずつゆっくりといじってしまえばいい。外部の情報を手に入れるのはもちろん、プフレに現在地を知らせることもできるし、テレビから殺人光線を発射できるようにして脱出——は無理かもしれないが、コスチューム以外になにもない現状に比べれば十歩は先に進んでいる。

シャドウゲールの魔法を知っていればテレビを渡すなどできないはずだが、鎧は特に気にしていないようだ。シャドウゲールの魔法を知らず、あくまでもプフレのオマケとして誘拐監禁したのではないか。魚山《ととやま》護の人生は基本そんな感じだった。人小路《ひとこうじ》庚江《かのえ》のオマケとしての存在以上に目立ったことも注目されたこともない。

そんな自分に嫌気が差すこともあった。悲嘆に暮れることもあった。だが今はその「存在感の無さ」が役に立っているのだ。

五分ほどして鎧が戻ってきた。五十センチ四方のダンボール箱を抱えていて、シャドウゲールが胸を高鳴らせながら封を開けると中には携帯型簡易トイレが入っていた。

これも人間にとっては必要不可欠な物かもしれないが、今求めている物はこれではないということをジェスチャーで説明するのはシャドウゲールの想像以上に難しかった。

第三章　遊園地で私と握手

◇中野宇宙美

――オスク派に、襲われた。

涼しい顔をしているけれど、ソラミの心臓は早鐘《はやがね》のように脈打ち、舌が口の中に張り付きそうになっている。油断すると足元がふらつく。うるるの魔法が見事に決まったおかげで無傷の勝利を果たした。でも、そうでなければ真正面から戦わなければならなかった。敵は槍を持っていた。あれで突き、刺すわけだ。刺されれば血が出るし、刺さり方によっては死ぬ。

ソラミは両腕を抱いた。遅れて寒気がやってきた。

オスク派がこっちを狙っているという話は聞いていたはずなのに、目《ま》の当たりにするまで絵空事のように思っていた。自分のいることは別のどこかで起きている御伽噺《おとぎばなし》だ。本当に戦いになるなんて、さっきまでのソラミだったら「考え過ぎっしょ」と鼻で笑っていた。

「急ぐよ！　さっさと次に向かう！」

うるるはいつも以上にカリカリしている。頬が赤いのは、恐怖よりも興奮の方が大きいからだろう。自分の魔法で相手をやっつけたという戦果を誇っている。こちらを傷つけようとしていた相手と戦って、いつものように威張っていられるだけ大したものだ。

ソラミが思っていた通り、スノーホワイトとうるるの魔法は相性が良い。うるるがどれだけ嘘を吐《つ》こうとスノーホワイトはそれが嘘であるとすぐに察知する。嘘であるということが割れてしまえば、うるるの魔法の効果は失せる。スノーホワイトとうるるが敵対した時は、うるるにとってこれほど厄介な相手はいない。でもスノーホワイトが味方であるなら、うるるは味方が騙される心配をする必要がなくなる。ソラミのようにうるるの魔法に慣れているならともかく、昨日今日組んだ魔法少女に遠慮がいらないというのは大きい。

この後も、二人を軸にして戦っていけば、きっと大丈夫。

浅い呼吸を意識して深くし、鼓動を静め、心を落ち着ける。自分のことばかり考えていては、きっと失敗する。知識として知っている、ぼんやりと存在を感じている、そんな「オスク派」「敵」がよりはっきりした像を結んで恐怖と共に襲い掛かってくる。ソラミやうるるだけではない。むしろ矢面《やおもて》に立っているのは幸子《さちこ》だ。

幸子はどこまで自覚があるのだろうか。ソラミより自覚していることはないだろうと思う。自覚があるなら屋敷に籠《こ》もっていたのではないか。儀式でメインを張るプレッシャーがどれだけ大きかろうと、武器を持ち、それを容赦なく相手に振り下ろせる連中から追いかけ回されるよりはマシだ。

自分のことを考えるより、幸子のことを考えていた方が落ち着ける。ソラミは幸子を助けるために外に出た。ソラミは自分の身を自分で守れるし、うるるもスノーホワイトもファルもいる。幸子は一人きりでどこかにいる。きっと震えている。

スノーホワイトによれば、先程こちらに向かってきた敵は、大勢のグループの中のほんの一部だったらしい。まだ五十人近くの同じような敵が残っているのだとか。市内でそれだけの数の魔法少女が展開している可能性があるわけで、一刻も早く幸子を見つけてやらないと、と思う。

うるるが小走りで先を行き、スノーホワイトとソラミがついていく。ソラミは建物の前を通る度《たび》、建物に手を触れ中身を確認する。先程までは幸子のみに的《まと》を絞っていたけれど、今は敵の存在もしっかり洗い出す。ファルのレーダーでも、スノーホワイトの読心魔法でも、過去にあったことを知ることはできない。建物の中に魔法少女の痕跡がないかどうかを確認しながら進み、ようやく見つけた。

「ここ、幸子姉が通ったっぽいわ」

「いつ？」

「今日だねー。午前中、営業始まったばっかの時間帯」

百貨店だった。現在、この中にいるわけではない。大型百貨店の入口から裏口にかけて移動し、外に出ている。

ソラミは幸子と一緒に行った場所を思い返していた。この百貨店の裏口を出てからどちらへ向かうか。社会見学で行った煎餅《せんべい》工場。その脇にある煎餅の小売店。プク・プックからお使いを頼まれて行った業務用のスーパー。市役所の出張所。

「そんなに面倒っちい場所には行かねっと思うんだよねー」

幸子は困ったことがあったり、怖いことがあったり、嫌なことがあったりすると、家出することが多々あった。行く先は、今までに行ったことがある場所だ。遠足で行った山に籠もったこともあるし、買い物によく行くショッピングモールでうだうだやってたこともある。どこに行くにせよ、自分の経験を元にして、土地勘の無い場所は避ける。臆病なだけともいえるけれど、臆病者の知恵といえなくもない。うるるにいわせれば、心のどこかでは見つけて欲しいから知ってる場所にばかり逃げこむ、ということになる。

幸子もうるるもソラミも、プク・プックに命じられることがなければ遠出する機会はない。プク・プックに仕えるため屋敷に連れてこられたからだ。プク・プックが市外に出る時は一緒に行くこともあるけれど、基本的な行動範囲はW市の中に限られる。

「うるる姉はどう思う？　百貨店の裏口からならどこ行ったたって」

俯いていたうるるが顔を上げた。

「そっち方面なら遊園地じゃないかな」

「遊園地？」

「正確にいうと元遊園地、もしくは遊園地の跡地ね。去年休業したんじゃなかったっけ」

「ああ、そういやーそんなのあったね」

遊園地といっても他県から観光客を誘致できるような立派なものじゃない。猿山といくつかのアスレチック施設、猿が運転手役をするお猿の電車、売店、それくらいだ。この不景気の最中、よく去年までもったものだと思う。

子供の頃のことを思い返す。

六歳の頃に一度、七歳の頃に一度、十歳の頃に一度、遊園地で遊んだ。六歳の時は幸子が猿を怖がって泣いたけれど、プク・プックが売店で買ってきたソフトクリームを手渡すと猿のことを忘れたかのように大喜びでかぶりついて口の周りから首元までクリームで真っ白にしていた。七歳の頃はようやく幸子が猿に怯えなくなったので、お猿の電車に乗ることができたのに、全く恐怖心を持っていなかったわけではなかったらしく、電車から途中で降りようとして騒ぎを起こし、プク・プックが慌ててソフトクリームを買いにいった。十歳の頃はもうお猿の電車という年齢でもなく、アスレチックで遊んでいたらうるるがよその子と喧嘩を始め、仲裁のためにプク・プックがソフトクリームを買ってきて、喧嘩を遠巻きで見ていた子供達もソフトクリームを欲しがったためプク・プックはさらにソフトクリームを購入し、アスレチックコーナーで遊んでいた子供達全員がソフトクリームをなめているという異常な光景が今でも目に焼きついている。中には二刀流でソフトクリームを持っていた悪ガキもいた。

こうして思い返してみると、少し首を傾《かし》げたくなる。

「幸子姉、遊園地いくかな？」

「なんで行かないと思うの？」

「幸子姉ってさ、あの遊園地にろくな思い出なくない？」

泣いているか、ソフトクリームで顔を汚しているか、喧嘩が始まってオロオロしているか、どれにしても良い思い出とは思えない。

「そんなことはないよ」

「そうかなー」

「そうだよ」

なぜか自信ありげにうるるが歩き出し、百貨店の自動ドアを抜けて中に入っていく。ソラミとスノーホワイトはそれに続いた。

うるるが自信ありげな時は二通りある。本当に自信がある時と、自信があるように見えないと格好がつかないから仕方なく自信ありげに振る舞っている時だ。前者の場合、自信の根拠が薄弱であっても案外成功するということをソラミは知っている。できれば前者であって欲しいなあ、と思いつつ早足でついていった。

◇うるる

一つ思い出した。あの時は幸子が猿を怖がっていなかった。だから十歳の時だったはず。うだるような暑さだった。ソフトクリームを手に持っていたような気もする。

幸子とうるるが隣り合って猿山を見ていた。うるるは「泣いた時の幸子に似ている猿がいるなあ」とか、そんなことを考えていた。幸子は猿山の奥を指差し、「あそこはどうなっているの？」と訊ねてきた。うるるは「猿の家に繋がっているんだよ」と教えてやった。幸子は「お猿さんは暑くなったらあそこに隠れればいいんだねえ」と感心していた。

隠れればいいんだねえ、という言葉が引っかかる。

百貨店の裏口を出てタクシーを拾い、「遊園地の跡地へ」と行先を告げた。平日の昼間に少女三人がタクシーを使って遊園地跡地を目指すというのは悪目立ちしそうだけれど、オスク派に見つかるよりも先に幸子を捕まえないと大変なことになる。かといって昼日中全力で走り回るわけにはいかないので、タクシーはほど良い。

「誰がお金出すのよ？」

「ぐだぐだいわないの。領収書を切ってもらえばいいでしょ」

遊園地の正面入り口は太い鎖で封鎖され、立ち入り禁止の文字がでかでかと表示されていた。こんなくらい魔法少女にとっては無いのと同じだ。タクシーが去り、周囲に人がいないことを確かめる。三人は一跳びで塀を乗り越えて遊園地の中に入った。

ボロッボロに寂《さび》れていた。売店のロゴは外れかけて斜めになっている。アスレチックには、使用禁止の看板とともに黄色いロープが張り巡らされていた。駐車場にゴミが散らばっていたのはホームレスか暴走族が根城にしているせいだろうか。「廃墟」が流行っているなんて話を聞く。わざわざお金を出して廃墟の写真集を買うなんて人もいるらしい。こんな場所を眺めてなにが楽しいのだろう。うるるにとっては昔を思い出して寂しくなるだけの場所だ。

三人は入口付近の案内図で現在地を確かめ、猿山の方へ進んだ。

「魔法少女反応有り。一人いるぽん」

ファルから声がかかり、ソラミが肩を竦めてみせた。

「当たったくさいねー」

「油断しちゃダメだからね。幸子とは限らないんだから」

口に出してはみたものの、幸子だろうなあ、とうるるも思っている。わざわざ遊園地で敵が一人きりになって待ち構えている、というのはちょっとおかしい。欠けた階段やひび割れた遊歩道を越え、ファルの反応を頼りに近寄っていく。

「心の声が聞こえました。見つかりたくないな、と思っています」

99パーセントが100パーセントになった。そんなことを考えて、一人きりで隠れている魔法少女は、W市の中にプレミアム幸子しかいない。猿山裏手の飼育員専用口だ。うるるは肩をいからせずんずんと進み、入口の扉を蹴破《けやぶ》った。

「幸子ぉ！　こらぁ！」

奥から小さな悲鳴が聞こえた。十秒ほど待つ。無反応だ。なにも出てこない。うるるはドンと足を鳴らした。コンクリにヒビが入り、もう一度小さな悲鳴が聞こえた。

「幸子！　出てこないならこちらから行くからね！」

「あのさあ」

ソラミがうるるの隣に立った。こころもちうるるよりも前に出ている。

「幸子姉さ。とりあえず顔出さない？　もうバレてんのはわかってっしょ？　もしうるる姉が手ぇ出そうとしたらあたしが止めてあげるからさ」

ソラミの表情は呆《あき》れていて口調はとりなしている。スノーホワイトが半歩退いたところにいるのは、身内だけでどうにかしろというメッセージかもしれない。身内の恥をこれ以上見せたくないという思いはうるるにもあった。特にスノーホワイトの前ですったもんだはしたくない。うるる達姉妹が見くびられるということは、プク・プックがナメられるということでもある。うるる達のせいでプク・プックが恥をかくなんてことになったらおやつ抜きくらいじゃとても間に合わない。

うるるは深く息を吸い、吐いてから咳払いをした。

「これ以上逃げられると思っているわけじゃないんでしょ。さっさと出てきなさい」

椅子が音を立てて倒れた。テーブルの向こう側からそろそろと顔が出てくる。軽くウェーブした黄金色の髪は、プク・プックを思わせ、羨《うらや》ましく思っていた時期もあった。

「怒らないって本当……？」

謝るでもなく、わけをいうでもなく、泣き出しそうな顔を見せたと思ったら怒られることを気にしている。落ち着こうとしていたうるるの心は一気に沸騰し、気付けばソラミから羽交《はが》い絞《じ》めにされていた。

「ほら！　やっぱりうるる姉怒るもん！」

「うるる姉！　落ち着いてって！　マジで今怒ってもしゃあないっしょ！」

「大馬鹿幸子！　なんでこれだけ心配かけてまだ自分が怒られるかどうかを気にしているんだよ！　本当もう救えない馬鹿だよ！　一発殴ってやるから！　殴ってやったら馬鹿な頭が普通に働くようになるかもしれないでしょ！」

立ち入り禁止の表示板が倒され、埃がもうもうと舞い上がった。ダンボール箱や廃材、アスレチック用の太いロープ、滑車、鉄パイプが積み上がって場所を塞《ふさ》いでいる。五歩進

めば端から端まで歩き終えるくらいの狭いスペースにうるるの怒鳴り声と幸子の泣き声、ソラミの悲鳴が響き渡った。うるるが空を蹴り、幸子が逃げ惑い、ソラミが羽交い絞めする。大騒ぎを止めたのは電子妖精の甲高い声だった。

「魔法少女反応！　数が多いぽん！」

スノーホワイトがうるるの横を抜け、流れるような動作で中に入ってきた。あっと思う間もなく、薙刀《なぎなた》の柄で幸子の鳩尾《みぞおち》を突き、くぐもった悲鳴を発してくずおれた幸子を腰に提げた袋の中に放りこむ。

「行きましょう」

それだけいって外へ駆け出したスノーホワイトの背中を、うるるとソラミが慌てて追いかけた。

◇CQ天使ハムエル

多数決で決まったことを暴力で引っくり返そうというやり方はハムエルの好みに合わない。だが主の望むことというなら叶えなければならない。部下の務めだ。

儀式の中心となるのはプク・プック子飼いの魔法少女「プレミアム幸子」だ。幸子が手元にいなければ、そもそも儀式を執り行うことができない。幸子の逃亡という値千金の情報が潜ませたスパイからもたらされ、オスク派は素早く動いた。屋敷の中にいる幸子に手を出そうとすれば、それはもう戦争だ。屋敷の外で逃げ出した魔法少女と仲良くなるなら、それはただの個人的な出来事に過ぎない。その過程で多少の暴力行為があったとしても、魔法少女同士ならよくあることだ。喧嘩するほど仲が良い、雨降って地固まる、という行為を正当化させてくれるような言葉もある。

戦力分析は既に完了していた。魔法少女狩りのスノーホワイトと、プク・プックの配下が二名。魔法少女狩りは強力な読心魔法を使用し、銃使いの魔法少女は話した内容を信じさせる。もう一人の魔法少女は道々建物に触れて他メンバーに報告をしていた。恐らくは探知の魔法を使う。これならシャッフリンとハムエルで制圧することが充分に可能だ。

スノーホワイトを先頭に三名の魔法少女が小屋から出てきた。東側にかけて遊園地内を抜けようとしている。プレミアム幸子はいない。派手に騒いでいたところを見るに、恐らく小屋の中で幸子と接触しているはずで、まさか置いてきたということはないだろう。ダイヤシャッフリンに作らせた望遠鏡をズームさせる。スノーホワイトはコスチューム以外に薙刀を装備し、腰には袋を提《さ》げていた。おそらくは魔法のアイテム、袋の中に幸子を落としたと見るのが自然だ。

ハムエルは通信機にメッセージを送った。

「B班、西回りでC班の後を追ってください。戦力を裏口付近に集中。周辺も監視。敵を遊園地の外から出さないように。E班はテイザーガンからトリモチ銃に武器を換装。射程重視で。フレンドリーファイアは避けること。クローバーの皆さんは全員隠形解除で。敵さん、中距離までの索敵に関しちゃこっちよか上です」

　情報の共有ができないというシャッフリンの弱点はハムエルの魔法によって補うことができる。今回の敵はいずれも高空への攻撃方法を持たない。高空から望遠鏡を使って戦場を確認して指揮を執るなら手出しされることはない。さらに、ダイヤには様々な武器を作らせ、コスチュームには防刃《ぼうじん》プレートを入れさせた。ダイヤの技術力があれば魔法少女の使用に耐えうる武器防具を作成できる。本来非戦闘員となるはずのダイヤにも武器を持たせて、全体の戦力を大きく強化する。

「C班、そのままエースと合流。魔法少女狩りの相手は基本スペードのエースのみ。それ以外は援護と他の魔法少女への攻撃を。E班は屋根に陣取っちゃってください。そこを押さえておけば下界への睨みがききます。現状トリモチ銃を使用。敵が動いてもそのままで」

　敵と味方が接触し、戦闘が始まった。こちらだけが一方的に戦場の全体図を把握しながら用兵に臨める。そのアドバンテージは個々の強さだけで覆《くつがえ》せるものではない。敵は東側から発射されたトリモチを嫌い、西側へ転じようとしたがそちらはクローバーががっちりと押さえている。北へ行こうとすればアスレチック施設の屋根からトリモチを掃射《そうしゃ》され、南からはスペードのエースを中心とした精鋭部隊が向かっていた。

スノーホワイトが身を翻《ひるがえ》す。目標から外れた薄ら黄色い粘着性の塊が地面に跳ね飛んだ。歩道を封じるように三発、次いで三発。スノーホワイトはひらひらと全弾回避する。どれだけ避けられても、それはそれで問題にならない。シャッフリン特製魔法のトリモチは、外れてもその場に残り続け、固定トラップとなる。魔法少女たりとも、踏んでしまえば足を捕らえられ移動を阻害される。いくらスノーホワイトが攻撃者の心を読めるといっても、避ける場所を失えば攻撃を受けるしかない。

銃を持った魔法少女がなにかを叫んでいるようだが、無駄だ。シャッフリン全員に耳栓をさせている。ハムエルの指示は頭の中に直接響くため、外からの音を聞く必要はない。

「接近戦を挑む部隊は逃げ腰でいいですよ、逃げ腰で。殺されないことを最優先で急所は絶対にガード。壁に徹してください。あなた達が仕留める必要はありません。トリモチでもテイザーガンでもいいから、とにかく戦闘不能にしてしまえばいいんです」

スノーホワイトが薙刀を回し、突き、シャッフリンを蹴散《けち》らし、しかし防刃プレートのおかげもあってか一撃で仕留められることはない。蹴散らされたシャッフリンが空けた穴は即座に他のシャッフリンが埋めてしまう。

徐々に敵の動ける範囲が狭《せば》まっていく。あとはトリモチなり、ネットなり、テイザーガンなりで一人か二人戦闘不能にしてから降伏勧告といけばいい。

終了まで秒読み段階、というところでひゅんと風が鳴った。ハムエルは身を捩り、しかし回避しきれず腕から血がしぶいた。

——伏兵か！

不気味な黒い生き物が、ハムエルの周囲を旋回している。ホムンクルス——「悪魔」とも呼ばれる魔法生命体だ。ここだけでも計六体。下界に目をやれば、シャッフリンも襲われていた。近接戦闘能力を持たないダイヤが斬り倒され、カバーに入ったスペードが集中攻撃を受けている。ホムンクルスだけではない。三又槍を持った魔法少女が鬼か悪魔のような形相でシャッフリンに襲いかかっていた。槍を繰り出す速度はスペードの上位ナンバーに匹敵する。狂乱しているようでいても、動きは訓練された兵士のそれで、理に適《かな》っている。体捌《たいさば》きや身のこなしも見事なものだ。あれに非戦闘タイプのシャッフリンをぶつけても徒《いたずら》に犠牲が増える。固有の魔法も足して考えれば、戦闘タイプのシャッフリンであっても数が必要になる。だが黒い影によって戦力の集中が阻《はば》まれ、隊列が乱れている間にシャッフリン達が確固撃破されていく。

ハムエルは舌打ちをした。苦々しい思いが喉の奥からこみ上げてくる。

敵の増援か、それともそもそもスノーホワイト達が囮《おとり》だったのか。情報自体がガセネタで幸子の家出がフェイクだった可能性すらある。現状は最悪に近い。最悪を少しでも良い方へ近づけるためには、損失を減らす。ここでシャッフリンを失わなければ、まだリカバリーはきく。

「作戦失敗。離脱最優先で」

通信機でそれだけ伝え、胸いっぱいに空気を吸いこんだ。ホムンクルスが六方からハムエルを襲おうとした矢先、出せる限りの大声を通信機へ向けて空気を吐き出した。通信先はシャッフリンではない。今襲いかかろうとしていた六体のホムンクルスだ。

突如、頭の中を大きな音で揺らされたホムンクルスたちは苦しそうによろめき、ハムエルはその隙を突いて影をかわし、遊園地の外を目指して飛び去った。殴り合いは丁重に断りを入れる。その分、逃げ足の速さにはそこそこの自信があった。

◇中野宇宙美

誰もが混乱していた。ソラミも混乱していた。

トランプ兵士達に襲われ、遠間からトリモチを撃たれて、逃げ、かわし、少しずつ園の隅へと追い詰められ、そこに潜《ひそ》んでいた伏兵に襲われ、うるるが「目を瞑って伏せなければ死ぬ」と叫んだのに全然効果がなくて、もうダメだというところで助けがやってきた。四角形の黒い翼で空を飛ぶ悪魔はトランプ兵士達に襲いかかり、今度は向こうが逃げ惑《まど》うことになった。包囲にできた隙を突いて園の裏口を目指す。

「スノーさんの味方？」

「こんなの知らないぽん」

「じゃあプク様が助けてくれたとか？」

「そんな話、これっぽっちも聞いてないよ」

トランプ兵三人を捕獲した時とは全く違う。ドキドキする余裕さえない。止まれば死ぬ。走り続け、壁を目隠しにし、アスレチックを盾にし、スノーホワイトの陰に隠れ、とにかく走る、駆ける、跳ぶ、逃げる。

訓練はかったるくて、つまんなくて、なんでこんなことしてんだろうと思い、隙あらばサボってうるるから怒られていた。こうなって初めてマラソンや短距離走の意味がわかった。本番の時にしっかりやれるようになるため、一生懸命訓練をしていた。

悪魔達の目的はすぐにわかった。トランプ兵だけでなく、こちらにも襲いかかってきたからだ。うるるは銃尻で攻撃を受け、ソラミが蹴りつけたがかわされ、そこにスノーホワイトが一撃入れて、黒い悪魔は真っ二つに裂けて地面に落ちた。

「こいつらも幸子さんを狙っているようです」

「マジかよガッデム」

軽く返し、でも内心泣きそうになっている。なんでそんなことになるんだと誰かを引っ掻いてやりたい気持ちになっている。叫んだり泣いたりしたいけど、足は止められない。

敵勢力Aと敵勢力Bがかち合っただけだった。オスク派の他に儀式を邪魔しようとしている勢力があるのか、それともオスク派の中で仲違《なかたが》いをしているのか、襲われている側には知りようがない。今できることがあるとすれば、混乱に乗じて逃げることだけだ。

トランプ兵は悪魔を迎撃しながら、いくつかの集団にまとまり、離脱しようとしている。悪魔の群れもそちらの方に攻撃を集中させていた。ファルのレーダーとスノーホワイトの指示に従い、魔法少女がいない方へ、壁を背にして移動し、壁が途切れたところから全力で駆けた。

「魔法少女反応二、東側からこちらに向かってるぽん！　目につく敵はこれだけぽん！」

「ぽんぽん野郎！　東側ってどっちよ！」

「誰がぽんぽん野郎ぽん！　向かって右ぽん！　迷子センターの方！」

迷子センターの壁を蹴り破って出てきた魔法少女二名と思いっきりかち合った。トランプ兵じゃない。黒い影でもない。学者のような帽子を被って白衣を羽織った魔法少女と、全体が黒い魔法少女だ。黒い方はどこかで見たことがある気がした。

黒い魔法少女の右手が複雑に指を絡め、曲げ、まるで関節がないかのようにぐにゃりと変化した。曲がった右手が太陽の光を遮り、手によって作られた影がコンクリートの上で大きく一吠えし、うるるに襲いかかった。

立体化したわけではない。見た目は平面に投影された影のままだ。しかし、それでも攻撃されればどうなるかはわからない。魔法少女の魔法とはそういうものだからだ。逃げ損ねたら噛み砕かれていたのはうるるの足だ。他人のことなのに恐ろしくて震える。

うるるは飛び退《すさ》って攻撃をかわし、影の牙はコンクリートを噛み砕いた。

スノーホワイトは薙刀を振るって黒い魔法少女に斬りつけ、黒い魔法少女は姿勢を低くして退がりつつ左手で影を作り、右手同様に獣が生み出された。左手の獣はスノーホワイトに向かい、スノーホワイトは小さく跳んで噛みつきをかわした。

影の獣は、どうやら地面や壁など、投影された平面からは出てこないらしい。ジャンプすれば一時的にかわすことは可能だ。ただ、その動きは非常に素早く、いつまでも跳ね続けているわけにもいかない。常に足元から攻撃を受け続けることになり、回避も反撃も難しい。スノーホワイトもうるるも手古摺《てこず》っている。

黒い魔法少女はスノーホワイトから目を離さず、白衣の魔法少女へ指示を出した。

「みっさん、そいつは頼む」

「了解です」

ソラミはうるるやスノーホワイトと違って自前の武器を持たない。両掌を開いて姿勢を低く、とにかくなにが来ても避けてやるつもりで身構えた。呼吸を落ち着けようとしても落ち着いてくれない。

学者風の魔法少女は右手に紙の束を持っていた。あれは新聞紙だ。古い。壁に空いた穴から迷子センターの中が見える。ダンボール箱が積み上がっていた。たぶん梱包か詰め物に使っていたような物だ。魔法少女は、ソラミに向けてくしゃくしゃの新聞紙を振り下ろした。

「朝刊《ちょうかん》を長剣《ちょうけん》に」

髪の毛がパラパラと散った。髪を結んでいたゴムも切れ飛び、ソラミの長い髪が広がった。血は出ていないようだ。痛みもない。ギリギリで回避できた、はずだ。訓練通りだ。訓練通りに動くことができた。こういう時のために訓練していた。呼吸は相変わらず落ち着いてくれない。

学者風の魔法少女はいつのまにか剣を握っていた。装飾性のない片刃の剣だ。新聞紙ではない。朝刊を長剣に、と口にした瞬間、握っていた新聞紙が剣に変化した。

◇プリンセス・デリュージ

デモンウイングは人工魔法少女の支援のために生み出されたディスラプター……悪魔だ。遠隔操作、感覚共有といった様々なオプションを持つ。W市に放っておいたデモンウイングによってもたらされた情報は即デリュージの知るところとなる。

トランプ兵士がいる、という情報を知った時、デリュージは考える前に動いた。事故死したことになっている魔法少女が生きていた。シャッフリンを動かしている者がいるとすればオスク派以外にいない。オスク派が大々的に動いているということは、そこにはプレミアム幸子がいる可能性が高い。

どのように戦うか、立ち回るか、到着するまでに脳内でシミュレーションを行っていたが、トランプ兵士の姿を見た瞬間、全て吹き飛び、デリュージの頭の中は別のなにかでいっぱいに満たされた。怒りで満たされたのか、喜びで満たされたのか本人にもわからなかった。

デリュージを支えて飛んでいた二体のデモンウイングに命じて上空十五メートルから投下させ、アスレチックの屋根に降り立つと同時に三叉槍で一体を殴り、一体の足を払い、こちらに向けられた銃口を避けながら突きを繰り出し、胴体を刺した。

感触が妙だ。固く厚いゴムのような物がコスチュームに埋めこまれているような、そんな感触があった。突き刺した三叉槍に魔力を注ぎ、ダイヤの兵士を内側から凍りつかせ、屋根に打ちつけ粉々に砕く。屋根から落ちた一体目と足払いで転んだ二体目には氷の矢を飛ばした。胴体部分になにかしら仕込んでいるらしいので頭部を狙わせる。

周囲のトランプ兵達がデリュージの方を向く。遅い。研究施設から奪った新薬によってデリュージの反射速度が強化されているというのを足してもまだ反応が鈍い。味方三体が散々に打ち据えられてからようやくこちらに注意を向けた。理由は不明だが、聴覚を封じているようだ。

デモンウイングが一斉にトランプ兵へ攻撃を開始した。デリュージは屋根から飛び降り、すれ違いざまにスペードの首を薙《な》ぎ、回し蹴りで叩き伏せ、倒れたところで首の上に足をのせ、踏み折った。動作の中で懐から薬を取り出し、飲み下す。

「ラグジュアリーモード・オン」

四方から飛来した粘液質の物体が一瞬で凍り、砕け散った。キラキラと振る細かな氷の粒を割ってデリュージが走る。クラブのトランプ兵を棍棒諸共に斬り倒し、銃口を向けていたダイヤの眉間、喉、右目に氷の矢を突き立てた。

トランプ兵士達は徐々に隊列を変え、五体無事な兵士が空いた穴を埋めるように前に出てデモンウイングに対抗しようとしている。デリュージはそこに真正面から打ちかかった。

一体のトランプ兵に一合目を止められ、二合目を強く叩かれた。手に衝撃が走る。三叉槍を取り落しそうになり、強く握った。そのトランプ兵士は仲間よりも前に出ていた。まるで仲間を庇うようだった。ナンバーはエース、スートはスペード。

デリュージは吠えた。獣のような吠え声が喉の奥から止め処《ど》なく出てきた。以前、スペードのエースと対峙した時に感じたのは恐怖だった。今感じているのは喜びと怒りだ。氷の矢を同タイミングで六方向から飛ばし、同時につっかけた。

トランプ兵の槍の一振りで氷の矢六本が一度に切り払われた。スペードのエースはデリユージに視線を合わせたまま、矢を見ようともしなかった。デリュージは三叉槍を突き入れたが、再び片手で弾かれ、重心が崩れた。

デリュージは両手で三叉槍を保持していたのに、それが片手で払われた。スペードのエースは、氷の矢に対処しながらそれだけのことをしてみせた。

デリュージは重心が崩れるに任せて片膝をつき、スペードのエースの攻撃を誘った。が、スペードのエースはデリュージを攻めようとはしない。時間を稼ぐことを優先した、味方を無事に逃がすための動きだ。

――仲間を庇うのか。お前が。お前が仲間を庇うのか。

テンペストを守るため、我が身を犠牲にしたクェイクは首を刎《は》ねられ殺された。泣き喚いて許しを乞うたテンペストもまた、首を刎ねられることを知らず、クェイクは死んだ。もしそれを知ったらクェイクはなんというだろう。なにを思うだろう。

デリュージの周囲を旋回する氷の矢が数を増やした。それとともに速度も上昇、耳障りな音がデリュージの周囲を回っている。

――お前が仲間を庇うなら。

片膝をコンクリについた状態から三叉槍を構えた。

「殺す！」

立ち上がりながらの一撃は回避され、氷の矢が打ち払われる。二の矢、三の矢は目標から逸れて地面に命中し、デリュージはエースの周囲を右回りに移動しながら三又槍で攻撃、こちらも回避され、腹を蹴られた。デリュージは所持品をバラバラと落としながら吹き飛ばされ、追い縋《すが》るエースに対して氷の矢を撃ちこみ、全て叩き落された。

口の端から零れた血液を舌で舐めとった。鉄臭い。

転んだ状態から右手を軸にしてエースの足首に蹴りを浴びせ、槍の柄でがつんと受け止められ、足に痛みが走った。みしっと骨が鳴った。デリュージは歯を食いしばった。氷の矢を飛ばし、叩き落され、三叉槍で一撃、払われる。

上空から飛来したデモンウイングが槍の一閃で三体斬り裂かれた。返す槍でさらに三体が斬り飛ばされ、というより消し飛ばされた。

さらにデモンウイングを攻撃へ投入し、その間にデリュージは薬を一掴み手に取り、口に入れて噛み砕く。

「ラグジュアリーモード・バースト」

溢れ出る力に背を押されるようだった。身体が勝手に前に出た。プリンセスジュエルからエネルギーが零れ出、光り輝く。白と黒のスペードを青い輝きが照らし出す。

突き。

デモンウイングの攻撃と連携し、絶対に外さないというタイミングで繰り出された神速の一撃は、エースの身体を引き裂いた――ように見えたのはほんの一瞬だけだった。コスチュームを貫いたがエースの身体を外している。いや、外されている。

全力で三叉槍を突き入れたデリュージが動くよりも先にエースが蹴りつけ、デリュージは右腕でガードしたが吹き飛ばされた。右腕から嫌な音が聞こえた。折れている。コンクリートの上を転がりながらデモンウイングをけしかけ、氷の矢を飛ばす。

——まだ届かないのか。

自問し、そうではないと自答する。あの時は一緒に戦ってくれる魔法少女がいた。スノーホワイト、フィルルゥ、袋井魔梨華《ふくろいまりか》、スタイラー美々《みみ》、そしてプリンセス・インフェルノ。今は魔法少女はデリュージしかいない。それでもデリュージは戦えている。

デリュージの刃はエースの首元にまで届くようになった。

デリュージは立ち上がり、後退《あとずさ》った。瞬く間にデモンウイング五体を破壊したエースが前に出る。デリュージが先程落とした魔法の端末にエースの爪先がこつんと当たった。

以前感じたような恐怖はない。袋井魔梨華のような、戦いに対する高揚もない。濃い殺意だけがある。

右手で三叉槍を構え、左手は添える。狙撃手にも似た姿勢から、片手での突き。エースの顔面を狙って放たれた突きは、叩き落すように槍で払われ、デリュージが落とした所持品の山を抉った。魔法の端末が跳ね、ロープが切れ飛ぶ。

デリュージの右手が痺れる。添えていた左手で三叉槍を握った。エースは三叉槍に構わず踏みこんだ。デリュージの三叉槍が再び攻撃できる態勢に入るよりも、エースの槍がデリュージを突きさす方が早い、と見たのだろう。そしてそれは恐らく正しい。

所持品の中に突っ込んだ三叉槍の先に魔法を集中させ、持ち上げる。魔法により凍った三叉槍の先には金属の輪がついてきた。魔法の手錠だ。槍の先にくっついた魔法の手錠は、踏みこんだエースの足を捉え、エースは動きを止めた。

鎧の魔法少女――アーマー・アーリィを封じていた魔法の手錠はデリュージが回収した。警官モチーフの魔法少女の懐には小さな鍵が仕舞いこまれていて、それを使って手錠を開くとアーマー・アーリィも動けるようになった。だが、手錠の鍵が開けられるまでは、アーマー・アーリィは全く動けず、デリュージが突こうと凍らせようと、魔法の手錠は傷一つつかなかった。

捕えた者を封じる魔法の手錠が、足に引っかかったことで、エースは動きを止めた。デリュージは三叉槍の冷気を解除し、手錠から穂先を放す。倒れたエースに向け槍を構え

――

「デリュージちゃん!」

ふっと顔を上げた。トランプ兵やデモンウイングがそこかしこで倒れる中、泣きそうな顔のブルーベル・キャンディがこちらを見ていた。「なぜここに来た」とか「なんでそんな顔をしている」とか、聞きたいことは色々あったが、それが言葉として口から出るより

も先に、プリンセス・デリュージは小さな笑い声を上げた。

デリュージはエースの喉に全力で突きを放ち、氷の矢全弾を顔面に叩きこんだ。

◇ブルーベル・キャンディ

トリモチを避け、背後から殴りつけられた棍棒をかわし、ひぃひぃと泣き声を上げながらトランプ兵から逃げ回り、逃げた先にはクローバーのエースがいた。屈《かが》みこんで棍棒の一撃を回避、そこから転がって追撃を避け、黒い羽と入れ替わって逃げた。落ちかけた帽子を右手で押さえ、周囲を見渡す。敵味方入り混じる大混戦で誰がどこにいるのやらわかったものではない。

ダークキューティー、グラシアーネ、物知りみっちゃんの三人はどこかに行ってしまった。デリュージは戦っているはずだが、いったいどこにいるのかわからない。

ローラースライダーが倒壊した。土煙がここまで届いている。ブルーベルは口に手を当てて咳きこみ、大きく身体を反らせて突き入れられた槍を回避した。

「デリュージちゃん！　デリュージちゃん！」

大声で呼びかけるが返事が無い。ブルーベルはさらに呼びかけながら走り、敵の攻撃を回避しながら遊園地中央付近まで駆け、そこでデリュージを見つけた。

「デリュージちゃん！」

目が合った。デリュージの顔が歪んだ。笑っているようにも見えた。

デリュージはトランプ兵の喉に三叉槍を突き刺し、氷の矢数発が顔面に叩きこまれた。血が噴き上がり、ブルーベルは気が遠くなり、唇を噛んだ。痛みで意識を繋ぎとめる。ここで気絶なんてしていたらデリュージを守ることはできない。

ずるり、とデリュージの手が槍から離れた。ティアラの宝石が徐々に光を失い、デリュージは崩れるように倒れ、巨大な手錠がカラン、とコンクリートに跳ねた。喉を突き刺され、顔面に矢を浴びたトランプ兵は、ぶるっ、と震え、ゆっくりと槍を振り上げた。

槍が振り下ろされるよりもブルーベルが突き飛ばす方が早かった。駆け寄ったブルーベルにどんっと押されたトランプ兵は、壊れた機械のようにぎくしゃくとした動きで立ち上がろうとし、途中で動きを止め、手を滑らせて身体を打ち、打った場所からぐずぐずに崩れて消えてしまった。

ブルーベルは三叉槍と手錠を拾い、えいやっとデリュージを担ぎ上げた。怖がっている状況ではない。全力で逃げる。

「デリュージちゃんを守って！」

旋回する黒い翼に向かって叫び、ブルーベルは駆け出した。トランプ兵士の数は随分と減っていた。

◇中野宇宙美

敵は右手で剣を持ったまま、ゆっくりと左手を開けた。左掌は泥で汚れている。

「泥《どろ》を短刀《どす》に」

敵の左手の中に新たに短刀が生まれた。今度はその短刀を前に、半身に構える。右手で高く掲げた片手剣が、ゆらゆらと揺れる。

どこから攻めてくるのか。どうやって攻めてくるのか。

前触れもなく片手剣による突きが繰り出され、ギリギリで回避した。避けに徹していなければもらっていた。剣を引くタイミングに合わせて間合いを詰めようとしたが、短刀がピクリと動き、慌てて後ろに退る。

怖い。怖い。怖い。でも動くことができている。掌を握って、開く。止めていた息を一気に吐き、吸った。訓練と同じだ。同じ動きができるようになるための訓練だ。

より姿勢を低くし、他の面子《メンツ》を確認した。

うるるは影絵の獣の相手で手一杯だ。スノーホワイトと黒い魔法少女は足を止め、嵐のような勢いで打ち合っている。金属と金属がぶつかる音が響き、火花が散っていた。

ゲート、駐車場、鉄柵、公衆トイレ、案内看板、街灯、階段、電話ボックス、枯れた芝生、物置と思しき小屋。周囲全景を一見で確認し、バックステップで剣を回避した。

動くことができている。訓練は、ソラミを動かしてくれている。

攻撃を捨て、全力で退くつもりが、ギリギリの回避になっている。敵の踏みこみが想像以上に深い。つまり、こちらの実力は見切られている。

背後に転がり、魔法の端末、コスチューム付属のコントローラー型リュックサック、とにかく手元にある物はなんでも投げつけ、逃げ腰で下がり、手段を選ばず逃げ続けた。

「剣《けん》を棍《こん》に」

片手用の剣が木製の長い棒に変化し、ソラミに向けて突き出された。後ろに倒れこんで避けようとするも、剣とはリーチが違った分、胸に打撃を受けた。

ある程度衝撃を軽減できたものの、姿勢が崩れていたせいで踏ん張りが効かず、そのまま飛ばされ、物置小屋の窓ガラスを割って中に飛びこんだ。

小屋の中に積み上がったダンボールを吹き飛ばして受け身をとる。右手を胸に這わせた。熱を持っている。胸骨にヒビくらい入っているかもしれない。

殺気を感じ、ソラミは素早く頭部を右側に傾ける。コンマ一秒前まで頭があった位置を短刀が通過し、目の前の壁に突き立った。

背後から、割れた窓ガラスを踏み潰す音が聞こえた。室内に入ってきた者がいる。敵だ。ソラミの入ってきた窓を通って敵が入った。渦巻く埃の中でシルエットが形をとり、学者風の魔法少女の姿が像を結ぶ。教育番組で解説役でも務めていそうな魔法少女がモンスターパニック映画のクリーチャーに見えてくる。

訓練と同じように動く。ソラミにはできる。そう自分に言い聞かせる。ビビっていたっていい。怖くても恐ろしくても身体さえ動けばいい。そのために訓練してきた。息を吸い、吐く。息を吸い、吐く。埃っぽくて、かび臭い。それでも息を吸い、吐き、思い切り吸う。

小屋の中は狭い。元々広くもない場所にダンボール箱が積まれている。動ける範囲はダンボールの上まで入れて、精々五畳ほどしかない。敵との距離は三メートルで背後は壁、ソラミが逃げる場所はどこにもない。

集中しろ、と自分に呼びかけた。集中できなければ死ぬ。

ソラミは低く構え、相手に掴みかかった。タックル——と見せかけ、鋭角に方向転換し、窓へと向かう。途端、ソラミの頭がぐんと揺れた。姿勢を低くし、床に引きずったソラミの長い髪が、敵に踏みつけられていた。

次の瞬間、床板が割れた。右足で床を踏み抜いた敵はよろけ、その隙を突いてソラミは敵の左足を両手で払った。

敵が転がり、バケツを倒した。中に入っていたラインパウダーが舞い上がり、狭い部屋の中を白一色に染めた。敵が咳きこんでいる。ソラミは敵が転んだ段階で既に息を止めていた。

ソラミの魔法は、開ける前にその中身がわかるというものだ。鍵をかけられた小屋の窓にぶつかった瞬間、その中身を完璧に把握した。床のどこが脆《もろ》くなっているのか、バケツの中に入っているものはなにか、そういった情報を全て知った上で行動した。

低い姿勢のままで動いたのも、下方に向かって攻撃する敵が床を踏み抜くことを期待してだ。狙いはまんまと当たった。

この小屋はきっちりと閉ざされた空間ではない。ソラミ達が入ってきた窓ガラスは割れているし、そもそも扉の隙間や壁に空いた小さな穴から光が射している。ソラミの魔法は、対象が厳密に密閉されているほど、得られる情報の精度が上がる。もちろん、密閉が甘くても全く見えないわけじゃない。ぼんやりわかればそれで事足りる、という場合も多い。

逃げるだけならなにも困らない。

今なら逃げることができる。だけど逃げない。

この場から逃げるだけなら難しくはない。だが、ソラミが逃げた後、この敵はうるるやスノーホワイトへの攻撃に加わるだろう。そうすれば、二人は危険に晒される。

この敵を倒す。それがソラミの役目だ。そう決めた。

ソラミは、小屋の中にあったダンボール箱の中身をぶちまけた。封をしていたガムテープを利用して、窓にダンボールを貼り付ける。敵が怯んでいる隙に、壁の穴にちぎったダンボールを詰めていく。

これで、この小屋の密閉度は一気に上がった。ソラミがその中にいようと、「閉じている」ということに変わりはない。

情報が更新される。室内の全てがソラミの知るところになる。物、場所、敵、敵の状態、敵の動き、全てがリアルタイムでソラミに伝わってくる。

敵が壁に刺さった短刀を抜いた。逆手に構えて向かってくる。摺《す》り足気味だ。視界が悪いから接近戦を挑もうと考えているのだろう。だとしたら望むところだ。

ソラミは両手で敵の右手首を握った。短刀を握っている方の手だ。

手首を掴まれた敵は、反射的にそれを引こうとする。相手の筋肉の動きが、呼吸が、明確に伝わってくる。相手の引く動きに合わせて右手首を押してやり、重心を崩す。そのまま腰を払ってやると、手首を中心に相手の体が一回転した。手首は握ったままだ。

綺麗に投げられた相手が、慌てて立ち上がろうとする。その動きに合わせ、今度は手首を引いてやる。重心が崩れる。投げる。押す、引く。引き、捻り、また転がす。立ち上がろうとしたところで手首を捻り、引き、転がし、受け身をとろうとしたところで下に落とす。敵は叫んだ。

「刃《やいば》を灸《やいと》に！」

情報が伝わってくる。敵が手にしている短刀がもぐさの塊に変化した。奇妙な魔法だが、ソラミのやるべきことは変わらない。小屋の中身が透けて見えている。敵の動きがわかる。

投げて転がす。叩きつけてダメージを与えるのではない。あくまでも転がす。

「灸《やいと》をライトに！」

敵の動きは一から十まで読み切っている。ソラミの集中力はかつてなく研ぎ澄まされていた。訓練でもここまでやれることは稀《まれ》だ。二十回に一回もない。

相手の右手が、ずしりと重くなった。携帯型にしては大き過ぎる、直径八十センチほどのサーチライトのスイッチが入るも、光条はソラミの顔から逸れている。敵は強引に半身を捻ってライトを投げつけた。ライトは窓を覆っていたダンボールを貫き、外に飛び出す。ダンボールを破って密室を破壊するというやり方は悪くないが、もう遅い。無理やり動いたせいで態勢が崩れてしまっている。ソラミは敵の手首を返し、肘関節を伸ばして固め、体重をかけた。骨の外れる鈍い音が身体を通して伝わってくる。

さらに肩を固めて体重をかけたところで、外でスノーホワイトがなにかを叫んでいるのが聞こえた。小屋が軋んだ、と思った時には崩壊していた。

天井が崩れる。壁が倒れた。窓ガラスが割れ、ダンボールが飛び、ラインパウダーが風に飛ばされる。ソラミの中に満ちていた情報が無くなった。小屋の残骸がバラバラと降り注ぐ。

立ち上がろうとし、転んだ。足元を見る。右足首が失われている。血が流れる。集中力が薄らいでいく。狂おしい痛みが、ソラミの足首を文字通り貫いた。

もはや小屋は小屋と呼べるような状態ではない。天井も壁も破壊され、床だけが残っている。ソラミは混乱していた。なにが起きたのかわからない。情報が無い。外を見る。黒い魔法少女がライトに照らされそこから長い長い影が伸びて——ああ、そういうことか、と納得した。

影絵の獣が、小屋を破壊した。サーチライトによって照らし出された影は、大きく長くなり、離れて戦っていたソラミにも攻撃が届いた。学者風の魔法少女がソラミを蹴りつけて小屋のあった場所から飛び出し、瞬き一つを挟む間もなく、黒い獣がソラミの身体を噛み潰した。骨の砕ける音と肉の潰れる音に続き、うるるの悲鳴が最後を締めた。

◇物知りみっちゃん

思っていたより敵が強かった。動きも目の配りも良く、追い詰められてからも落ち着きを失わなかった。視界が悪いのは向こうも同じだったはずが、どんな魔法を使っていたのか、好き放題に投げられ、固められた。手加減ができる相手ではなく、ダークキューティーがしっかりとトドメを刺したのも咎められるようなことではない。ただ、敵とはいえ人死にが出るとなると唾でも吐き捨てたい気分にはなる。

最初に相対した時、比較的楽な相手と見たが、それは油断だった。経験不足であることは感じたが、三賢人の争いに関わってくる魔法少女が弱敵のわけがない。左腕を使わず立ち上がり、状況を確認する。

ダークキューティーはスノーホワイトと打ち合いながらもう一人の敵を押さえ、さらにみっちゃんのライトによって影の獣を巨大化させ、敵を食い殺した。たった一人でよくもここまでやるものと感心する。心底、味方で良かった。

もはやみっちゃんがやるべき仕事はそれほど残されていないように思える。みっちゃんのライトとダークキューティーの影絵によって生み出された巨大な獣は、魔法少女の死体を吐き捨てると、次なる敵を噛み砕くべく大きく顎を開いた。

と、ガツンと、なにかがなにかにぶつかる音がし、獣の姿が揺らいだ。光が薄らぎ、消えた。

みっちゃんはライトに目を向けた。

「……手裏剣？」

ライトに手裏剣が突き刺さっていた。破壊され、機能を失っている。

「棍《こん》を籠手《こて》に！　籠手《こて》を盾《たて》に！」

滑りこんで棍を手に取り、籠手を経て大きな盾を作り、その陰に隠れた。金属の盾が飛来した物体を弾く。落ちた物を見れば、手裏剣とクナイだった。

みっちゃんは通信機に向かって叫んだ。

「アーネ！　手裏剣とクナイ投げてるやつがいる！　どこから投げてる⁉」

　通信機の向こうのグラシアーネはしばし黙し、すぐに忌々しげな声が返ってきた。「とんでもなく遠くから投げてるみたい」「私の眼鏡が見える範囲じゃない」という返答は、要するにこちらからはどうしてみようもないということだ。

　ダークキューティーがスノーホワイトと打ち合いながら距離をとった。柱の陰に隠れて手裏剣をやり過ごそうとし、しかしスノーホワイトが薙刀で柱を斬り倒す。ダークキューティーは手裏剣を叩き落とし、スノーホワイトの斬撃を回避しようとしたが、斬撃の流れが並行から垂直に変化し、二の腕を浅く切られた。さらに追撃しようとするスノーホワイトに対し、獣の影絵を作って間に置くことで牽制《けんせい》し、動きを止める。が、手裏剣は止まってくれない。走ろうと跳ぼうと不自然な軌道で目標を追ってくる。

　この手裏剣を無視して攻撃しろ、というのは、ダークキューティーや物知りみっちゃんの身体能力をもってしても相当に難易度が高い。

　みっちゃんは大楯に隠れてコンクリの欠片《かけら》を拾い上げ、両掌を使ってすり潰し、握って丸め、小さな玉を作った。

「小球《しょうきゅう》を小銃《しょうじゅう》に」

　手裏剣の雨の中を移動せずとも盾に隠れて攻撃する手段があればいい。魔法で作ったカラシニコフ小銃を構え、スノーホワイトに狙いをつける。敵はダークキューティーにかかりきりだ。みっちゃんに気付いていたとしても、対処できるかは別問題となる。引き金に指をかけ、力を込めようとしたその時、誰かが叫んだ。

「貴様らァ！」

狙いを変えた。銃を持ちコートを着た魔法少女が震えていた。恐怖で震えているわけではない。表情を見ればわかる。怒りで震えている。

それならそれで当てやすい。みっちゃんは引き金に力を――

「貴様ら！　こうなったら、全員を道連れに自爆してやる！」

死者にそっと触られたような冷たさが背筋を駆け上った。みっちゃんは確実な死の予感に慄《おのの》いた。なにも持たず戦場に出向き、なにも持たず戦場から帰ってくる「無手の兇手」物知りみっちゃんが、怪談を聞かされた臆病な子供のように恐怖している。

このままでは道連れにされる。あの魔法少女は、みっちゃんとダークキューティーをまとめて殺すだけの大爆発で死ぬつもりだ。みっちゃんは盾を捨てて駆け出した。自分が逃げ延びることと、ダークキューティーが逃げおおせてくれることを祈った。

◇スノーホワイト

どうにか逃げ延びた。逃げることができただけでも運が良かった。

甘く見ていたのかと自問し、そうではないと自答する。

敵の手際があまりに良すぎた。公園でシャッフリンと接敵してから監視されていたと考えるのが自然だ。ファルのレーダーの範囲外から尾行するというのは魔法少女であっても難易度が高い。なんらかの魔法を使えば出来ないことはないが、恐らくは上空から監視していたのではないかと思う。遊園地でのシャッフリンの動きは一つの生き物のように統制されていた。シャッフリンは全体で一人の魔法少女とはいえ、情報の共有は出来ない。全体を見渡し指示を出していた者がいた。

それに、敵はシャッフリンだけではなかった。あれは本物のダークキューティーだった。魔法少女アニメ「キューティーヒーラーギャラクシー」に登場した悪役魔法少女。宇宙に漂う暗黒物質から生み出された彼女は、宇宙の崩壊を目論《もくろ》むスペースカオスの尖兵として、主人公のキューティーアルタイル、キューティーベガと激烈な争いを繰り広げた。悪役は滅ぼされるか、改心するか、改心して滅ぼされるか、というキューティーヒーラーシリーズにおいて異例となる「主人公達への復讐を誓いつつ姿を消すエンド」は当時賛否両論だったという。

そのダークキューティーに襲われた。

ダークキューティーは恐ろしく柔軟な関節を持っていた。左手を使うことなく、右手人差し指を反らせて右手の甲を指先で触ることができるという類《たぐい》の柔軟さだ。手首から先を絡めて日に翳《かざ》し、影絵を作った。影絵で作ったハサミは鉄柱を切断し、影絵で作った狼はコンクリートを噛み砕いた。

この獣が問題だった。武器の類はまだいい。武器を振るうダークキューティーの心の声はスノーホワイトにも届くため、対処できる。影から生み出された獣には心の声がない。なにも思わず、なにも考えず、自動操縦の戦闘機械としてスノーホワイトに襲いかかってくる。

ダークキューティーの身体能力と戦闘技術は明らかにスノーホワイトの上を行き、影の獣はそれに劣るものの、心の声が聞こえない。ダークキューティーはスノーホワイトの間合いの内へ踏み入ることなくリーチを活かした斬撃を繰り返し、主たる攻撃は獣に任せていた。スノーホワイトの魔法を知悉《ちしつ》した戦い方だ。スノーホワイトは、影のハサミを受け、獣の牙を避け、蹴りを受け、獣の爪を回避し、攻撃に転じるだけの余裕がない。ダークキューティーは「確実に削る」戦い方をしていた。

あのままでは、いずれやられていた。状況を変えたのは、予想していなかった支援だ。戦闘中に突然なにかが飛来し、黒い獣とダークキューティーを攻撃した。黒い獣は悲しげに鳴き、ダークキューティーは怯んだ。

ただ、ここでスノーホワイトが攻撃に転じる、というわけにはいかなかった。スノーホワイトはなにが飛来したのかを確認し、ひどく動揺した。飛んできたのは手裏剣とクナイだった。

その手裏剣とクナイには見覚えがあった。スノーホワイトが行方を探している魔法少女が使っていた武器だ。彼女はある街で事件に巻きこまれて行方不明となり、市内全域をくまなくまわっても死体さえ見つからなかった。

スノーホワイトに余裕があれば、ソラミと戦っている魔法少女の心の声を聞き、狙いを看破してソラミに注意を促《うなが》すことができただろう。敵魔法少女二名がシャッフリンと違って耳栓をしていなかったことに気付き、うるるにもっと早く嘘を吐かせることもできただろう。手裏剣に動揺し、状況に流されるまま浮ついた気持ちで戦った結果、敵は撃退できたが、ソラミは命を落とした。


路地裏やトンネル、暗渠、アーケード、高架下といった「空から姿を見られない場所」を選んで通り、現在は車が通るだけで揺れる小さな橋の下に潜伏している。背の高い草の中で肩を寄せ合い小さくなって息を潜めていた。

うるるは固く握った両の拳を膝の上に置き、肩を震わせていた。

幸子は膝の上に腕を重ね、そこに顔を置いて動かない。

スノーホワイトは手の中で弄《もてあそ》んでいたクナイを袋の中に放り入れた。

魔法少女同士の戦いは、心の有り様がなによりも重要だ。だが時には、心が乱れていても動かなければならない時がある。泣いていても、怒っていても、恐ろしくて震えていても、動かなければなにも解決しない。自分のせいで誰かが傷ついた、自分がミスをして誰かが殺された、そうやって責任を感じて閉じこもっていれば、失った命が元通りになるなんてことは有り得ない。

掌にはクナイの感触が残っている。一度開き、握り、開き、強く握り、開いた。スノーホワイトは自分の頬を叩き、うるると幸子が顔を上げた。

「うるるさん、プク・プック様に連絡をお願いします。プレミアム幸子さんと合流した。そちらに戻りたいが、オスク派だけでなく別の勢力にも狙われている。支援を求めたい、といったところでメールを送ってもらえますか」

「うん……やっておく」

「わたしは……」

ひたすらに泣き通しだったせいでプレミアム幸子の声は掠れていた。

「わたしは帰りたくない」

うるるが立ち上がろうとしてスノーホワイトに肩を押さえられた。幸子は弾かれたように顔を上げ、尻でいざってうるるから遠ざかろうとしたが、うるるはスノーホワイトを押しのけて幸子に迫り、胸ぐらを掴んだ。

「幸子の馬鹿！　大馬鹿！　まだそんなことといって！」

「だって！　だって！」

「二人とも、声を抑えてください」

「なんで逃げるの！　どうして逃げるの！　あんた主人公になれるんだよ！」

「だって！」

「二人とも、声を抑えて」

「儀式で生贄にされるとでも思っているの？　プク・プック様があんたにそんなことをさせると本気で思っているわけ？　あの方がどれだけお優しい方か、知らないなんていわせないからね！」

「知ってるよ！　プク様が優しい人だって知ってるんだよ！」

「二人とも、声を」

「だったら逃げんな！　あんたの……あんたの……」

スノーホワイトは立ち上がり、そっと近寄り、うるるのコートの袖を引いた。うるるはハッとした表情でスノーホワイトを見返し、唇を噛み、忌々しげに袖を払った。

あのままうるるがなにをいおうとしていたのか、スノーホワイトは知っていた。うるるは「あんたのせいでソラミが死んだ」といおうとしていた。少なくとも今いうべきことではない。そんなことはうるるも知っている。それでも口から出てしまう言葉というものがある。

幸子は額に手を当て溜息を吐いた。

「プク様が優しいのは知ってるよ。わたしだって優しくしてもらったもの」

「その通りよ。プク・プック様は優しいの。だから心配なんていらないの」

「そういう心配をしてたんじゃない」

「だったらなんで逃げた！」

「私は誰かを殺したくない……」

「はあ？　誰があんたに人殺しさせるって？」

「わたしの魔法を儀式に使うなら人が死なないわけがない。わたしの魔法を使えば確実に誰かが死ぬ。うるる姉だって知ってるでしょう」

うるるは大きく息を吐き、立ち上がろうとしてスノーホワイトに肩を押さえられた。今度は強引に立ち上がることもなく、スノーホワイトと入れ替わって幸子の隣に移動し、腰掛け、肩を抱いた。幸子はびくっと身体を震わせたが、うるるはそれに構うことなく話した。

「プク・プック様が、あんたの希望を全く無視して、人を殺したくないというのに、無理やり儀式で人を殺させる」

にこりと笑って幸子を見、次いでスノーホワイトを見、最後に、ふん、と鼻で笑った。

「そんなわけがないでしょ。プク・プック様がうるる達に優しいっていうのはね、そういう人を殺したりとかそういうことをさせないのもあるの。特にあんたはそうよ、幸子。あんた甘やかされてんのよ。うるるだってね、何度甘えんなってひっぱたいてやろうと思ったか。自覚しなさい、自覚！」

「だって！」

「二人ともそこまでで」

スノーホワイトが間に入って引き離そうとし、それでも離れようとしなかったため、持ち得る限りの力を使ってじりじりと引き離した。

「このまま隠れていることは難しいでしょう。二つの勢力が幸子さんを狙っています。とにかく安全な場所に行かないと」

その通り、とうるるが頷いた。

「プク・プック様には救援要請するよ。恥ずかしいけど……まあしょうがないから。ねえ、幸子。あんただって今一番安全な場所がどこかはわかるでしょ？　とりあえず戻ろう」

◇プリンセス・デリュージ

目が覚めた時は、剥《は》がれた壁紙が所々こびりついているという酷く貧しい天井を眺めていた。ブルーベルが顔を覗きこみ、デリュージは自分がブルーベルに膝枕をされていたことを知った。

慌てて身体を起こそうとし、背中が引き攣《つ》り、顔を顰《しか》めた。

「デリュージちゃん、無理しないで。今まで倒れてたんだよ？」

返事をせず、手を振り払って体を起こした。ダークキューティー、物知りみっちゃん、グラシアーネの三人が、口を少しだけ開けたまま沈黙してこちらを見ていた。デリュージは「大丈夫です」と右手を挙げ、三人は堰《せき》を切ったように会話を始めた。遊園地での戦闘と今後のことについて話しているらしい。

そうだった。遊園地で戦っていた。デリュージはぶるっと震えた。スペードのエースと戦い、倒した。右掌をじっと見る。感触がまだ残っているような気がした。下唇を濡らし、きゅっと噛んでから立ち上がろうとし、ブルーベルに止められた。

「無茶だよ！　休まないと！」

返事をせず、手を振り払った。無茶は承知している。無茶でもしなければならない。話し合っている三人に目をやった。「スノーホワイト」という名前が耳に入る。

「スノーホワイト？」

思わず反応していた。

「ああ、デリュージさんも知ってるんですね。あの人、有名人ですし」

スノーホワイトがここにいる。

グラシアーネから報告された魔法少女三名の内一名の外見がスノーホワイトに酷似していて、ダークキューティーや物知りみっちゃんも噂に聞く「魔法少女狩り」に違いないだろうと認めたという。

三人が魔法少女狩りへの対策を議論する横でデリュージは別のことを考えていた。

プリンセス・デリュージが、スノーホワイトという魔法少女を敵だと思ったことはなかった。

敵として出会ったはずだったが、初めて顔を見た時から敵という気はしなかった。他の魔法少女達と違い、彼女は戦わないように呼びかけていた。あれはスノーホワイトの魔法「困っている人の心の声を聞く」で、ピュア・エレメンツとやってきた魔法少女達が戦わなくてもいいということを知ったのではないかと思う。

その後、グリムハート率いるシャッフリンと戦った時はスノーホワイトが誰よりも頼りになる仲間になった。的確な指示、作戦の立案、デリュージは見ただけで心が折れそうになったスペードのエースとも勇敢に戦い、その姿に引きこまれるようにしてデリュージも最後まで戦うことができた。

正体もなにもわからない、会ったばかりの魔法少女達とは違い、インフェルノの友達であるということがわかっていたのも大きかったかもしれない。たとえば袋井魔梨華《ふくろいまりか》だって勇敢に――というよりは凶暴にだけど誰よりも前に出て戦っていたし、薬が切れそうなデリュージとインフェルノにくれた果実にはとても助けられたが、親しみを感じているかというとそうでもない。頼もしさを感じるよりも、怖い人だな、とか、ちょっとこの人大丈夫なのかな、と思うことの方が多かった。

スノーホワイトには「正体」があって、元が人間であるということがわかっていた。インフェルノの友達ならと思えるのはインフェルノの人となりもあったのだと思う。

それに、マスコットキャラクターと相談して事に当たる、というのが、デリュージの見知っていた魔法少女像に合致した。マスコットキャラクターと一緒にいて困っている人を助けるのはいつだって正義の魔法少女だった。戦闘がメインだとしても、日常がメインだとしても、マスコットキャラクターがいれば、それは正しい側にいるということだ。

青木奈美《あおきなみ》が視聴していた数少ない魔法少女アニメ「マジカルデイジー」は、主人公のデイジーとマスコットキャラクター、パレットの軽妙な掛け合いがウリだった。当時の奈美はそんなことを考えず、楽しそうだなあと笑って見ていた。

ほんのひと月と少しだけ前のことなのに、遙か遠い昔のことのように思える。

スノーホワイトは「魔法少女狩り」という異名を持つ。西から東へ駆けずり回って悪い魔法少女を狩ってまわっているからそう呼ばれている、と聞いた。本人は肯定することもなく少し困ったような反応を見せていたことを覚えている。

インフェルノの最期に居合わせることはできなかったが、ブルーベルに頼んで資料を見ることはできた。インフェルノは死の間際、スノーホワイトに頼んでいた。魔法少女狩りなら悪い魔法少女を狩って欲しいと願ってインフェルノは事切れた。

スノーホワイトは今でも悪い魔法少女を狩っているのだろうか。この瞬間、その悪い魔法少女というのは、プレミアム幸子を襲っている魔法少女達のことだ。オスク派のシャッフリンと、そして、ダークキューティー、物知りみっちゃん、グラシアーネ、プリンセス・デリュージ。

スノーホワイトはマスコットキャラクターと共にいた。今、プリンセス・デリュージは悪魔の群れと共にいる。

引き返せないところにまで来たことは知っているし、覚悟している。ここから引き返したいとは思わないし、引き返すことを強制しようとする誰かがいれば斬り倒す。

それでもスノーホワイトのことを考えると胸が苦しくなった。スノーホワイトの思い出は常にプリンセス・インフェルノとセットになっている。インフェルノとは中学生時代の友達で、インフェルノと並んでシャッフリン達と戦い、インフェルノの最期を看取って思いを託された魔法少女、スノーホワイト。

胸を抑え、掻き毟《むし》りたくなる衝動を奥に留めた。

ケースから薬を取り出し、一粒飲み下す。まだ足りない。胸が痛む。苦しい。

「ブルーベル……キャンディーを一つお願いします」

「デリュージちゃん、あんまり舐め過ぎない方が」

「いいから」

キャンディーを舐めると気持ちが少しだけ軽くなる。軽ければいいというものでもないが、併用することによって薬の消耗を減らすことはできるだろう。

◇グラシアーネ

新興住宅地のマンションで再合流した時は遊園地での戦闘から三十分が経過していた。

トランプの兵隊はデリュージと悪魔の群れでビシバシと撃退することができた。こちらは予定通りだ。素晴らしい。予定通りにならなかったのは物知りみっちゃんとダークキューティーの方だった。敵が思っていたより強かったから捕まえられませんでした、というのは小学生の言い訳としても上手いものとはいえない。こちらは素晴らしくない。

手裏剣の支援射撃があったとはいえ、敵は三人とも強かった。みっちゃんを投げ、左肘の関節を脱臼させた髪の長い魔法少女。たった一言でみっちゃんとダークキューティーの二人を撤退に追いこんだ銃の魔法少女。ダークキューティーの攻撃に耐え切った「魔法少女狩り」スノーホワイト。

戦闘を見守っていたグラシアーネはトランプ兵の中に一人飛び抜けて強い存在がいたことを知っていたが、それはもうデリュージに倒されている。あれを倒す、というのは相当なものだ。デリュージは強かった。グラシアーネの中の評価を上方修正しておく。

トランプの兵士に命令を与えていた魔法少女が一人いたが、そいつは逃がしてしまった、というデリュージからの報告もあった。要注意ではあるが、武器も交えずに逃げた相手なら、そこまで警戒しても仕方がない。

やはりプク・プックの子飼いと魔法少女狩りのスノーホワイト、警戒すべきはこちらだ。現場を離脱した後もけっして広い道を通らず、路地裏から暗渠へと入り、そこで見失った。グラシアーネの魔法では見たことがある場所ならいくらでも確認できるが、見たことのない場所は視点移動を使うか自分の足を使って一度訪れなければならない。視点移動の速度は自分の足を使うよりも遅く、走る魔法少女を追いかけるのは難しい。

みっちゃんとダークキューティーの連携によって一人倒すことはできたものの、残る二人ともが一線級の魔法少女ということは、まあ、疑いようもない。

最高に上手くはいかなかった。それでも上手くいった部分はある。

デリュージの実力が確かなものであるということを知った。数の多さを武器としているオスク派のシャッフリンに対し、羽を持つ悪魔達は対抗策になるということがわかった。

そしてみっちゃんの肘関節を外した魔法少女にトドメを刺し、敵の戦力を一人分削《そ》いだ。

デリュージとブルーベルは隣室でまたやり合っている。襖は全て取り外されていたため、声だけでなく表情や動きまで見えていたが、強《し》いてそちらには目を向けず、三人は先の戦いについて話し合った。

「シャッフリンの動き、ちょっとおかしいとこがあったですね」

「あったかな？」

「映像見るとわかるんですけど、反応が鈍いんです。私達三人やデリュージさんの反応が早いんだとしてもですね、それでもまだ鈍いです。たぶんですね、これ、耳塞《ふさ》いでるんじゃないです？　そうすると色々納得できるんですよ」

「耳」

「銃持った魔法少女に、最後、してやられたじゃないですか」

銃を持った魔法少女の「自爆宣言」は、普通に考えれば幼稚なハッタリやブラフでしかなかった。

みっちゃんほどの魔法少女が本気で受け取るような発言ではなかったはずだが、みっちゃんは自爆によって殺されることを確信し撤退を選択した。後になって考えてみれば「そんなことはできるはずがない」のに、その時はなぜか冷静さを失って信じこみ、みっちゃんが逃げ出したことによってダークキューティーも戦線の維持は不可能と判断し、残った敵二人を取り逃すこととなった。

「リーダーも本当に自爆すると思ったんですか？」

「ああ」

「そう思ったのに即逃げなかったんですか？」

「たった一人で私達二人を巻きこむような覚悟の自爆ならば悪役のエンディングとしても悪くない、と思った。だが、みっさんが逃げるというなら私も逃げる」

「私もリーダーみたいに考えられれば逃げなかったんですがね……」

「みっさんもリーダーみたいだったら私達ここに至るまでのどこかで全滅してるってば」

「そりゃそうです」

「今問題にしてんのはそういうことじゃなくてさー。相手の言葉を聞いたらそれを信じさせられたってことでしょ。魔法と考えていいよね？」

「ああ」

「ですね」

「で、トランプ兵士の動きが悪かったことに繋がるわけじゃない」

「ですです。恐らく、なんですが、微妙に反応が鈍かったのは、聴覚封じてたんじゃないかと思うんですよ。耳栓をしてたんじゃないですかね」

「なんでまた」

「『自分の発した言葉を信じさせる』魔法のことを知っていたんじゃないです？　それに対抗するために耳栓をしていたという話が通じてくるんですよね」

「なーるほど。そういやあそこでやり合う前に公園で小競り合いあったんだっけ。そこで魔法を知ったのかもしれないし、ひょっとしたら私らが持ってないような情報とか資料とかで予《あらかじ》め知っていたのかもしれない、と。いや、すごいありそうじゃない」

「そこで私達も耳栓です。あの魔法はちょっと放置できませんです」

「耳栓使ったら通信機使えなくなっちゃうよ。私から情報伝えられないってなると索敵の意味がなくなっちゃうんだけど」

「ちょっとお待ちくださいです」

　みっちゃんはプフレからもらっていたW市の地図を取り出した。

「マップをマッチに。マッチをパッチに。パッチをパンチに。パンチをパン粉《こ》に。パン粉《こ》をハンコに」

　一枚の地図がマッチ箱に。マッチ箱から一本のマッチ棒を取り出し、それを布に。布を穴開けバサミにし、穴開けバサミをパン粉、パン粉を「みっちゃん」と可愛らしいフォントで彫られたハンコに変えた。ここまでを一息で終え、みっちゃんは長々と息を吸った。

「地図、消しちゃってよかったたん？」

「全て頭の中に叩きこんでありますです」

「あ、流石」

「では続きを。印鑑《いんかん》をインカムに」

一枚の地図は、最終的にインカムに変化した。

「骨伝導仕様のインカムにしておきました。これなら耳栓しながらでも使えるわけですよ。ただし戦場で耳を塞ぐっていうのは当たり前ですけど危険です。アーネは情報伝達を密に。特に手裏剣のスナイプについては連絡よろしくです」

「はいはい。しかし便利だねえ、みっさんの魔法は」

マッチを一本一本作り変えていく。グラシアーネはちらと隣室に目を向けた。デリュージとブルーベルが言い争っている。本来ならば、デリュージにもインカムをつけてもらうべきだ。しかし、それは先の襲撃前に提案して「こちらはこちらで自由に動くので」と拒否されている。

向こうは可能な限りこちらと協力をしたくないらしい。どういう事情かは知らないが、偏屈だ。偉い人が偏屈というのは珍しいことではないため、形だけは従っておくが、それでも人数分のインカムは作っておくことにする。

インカムについてはともかく、耳栓についてはつけてもらわないとまずい。みっちゃんが向こうにも聞こえる大きさの声で話しているため、情報の共有はできている、はずだ。あとで耳栓を渡しておけばいいだろう。

「アーネの魔法だって便利じゃないですか」

「いやいや、私の魔法なんて所詮……っと」

グラシアーネは眼鏡のフレームに指をかけた。眼鏡の中で次々に風景が切り替わっていく。グラシアーネでなければ一つ一つの風景を風景であると認識できる速度ではない。魔法との親和性に加えて元々高かった動体視力を訓練によって強化した結果、高速で行われる風景シャッフルを視認することができるようになった。現在はプク・プックの屋敷周辺を重点的に監視している。

グラシアーネの魔法は「不思議な眼鏡」。一度見たことがある風景の、現在の様子を眼鏡に映し出す力を持っている。変化があったのはプク・プックの屋敷前だ。映像をそちらに合わせ、ズームした。プク・プックの屋敷の前を自動車が通過した。高級外国車というふうではある。

「ちょっと変な車が」

「魔法の車ですかね?」

「いや、普通の車に見えるけど」

車の側面には水鳥の羽が生えた月桂樹の冠が刻印されていた。プク・プックの屋敷の門にも同じ紋様が彫刻されている。

「みっさん、プク・プックが使ってるエンブレムってわかる?」

「水鳥の羽が生えた月桂樹の冠ですね」

「オーケイ、プク派丸出しの怪しい車発見。追跡開始ー」

魔法の車ならともかく、普通の車なら徒歩よりも余程相手にしやすい。尾行されることに対して無力で、なおかつ車中にいては不意の攻撃を回避し難い。市内で敵勢力と戦闘をしている最中にただの車をまわすということは、相手がこういう事態に慣れていないということでもある。手練れがいるとしても、それはプレミアム幸子を探しに出た連中だけだと見ていい。屋敷に残っているのは、偉い人のお付きの域を出ていない。

「さっきの魔法少女達が応援を要請したんじゃないかと。プレミアム幸子は既に確保しているとみてよさそうだね」

「やっぱりあれですね。スノーホワイトが腰に提げてた『なんでも入る袋』。あの中にプレミアム幸子が入っていたってことです。下手に巻きこむような攻撃しなかったのはやっぱり正解でしたね」

「どうする？　車攻撃しちゃう？」

「応援の車なら、放っておけば敵のところへ案内してもらえるですよ」

「そういうことになるかな」

「ただちょっとあからさまです。囮の可能性もあるですね。全軍突撃ってわけにはいかないですから私と、あとはデリュージさんから悪魔を借りて、というように」

「じゃあそれで」

デリュージの方を見ると目が合った。特に文句もないので肯定してくれたものとする。

「合流までさせちゃうと戦力増やされてよろしくないです。途中でさよならコースですね」

みっちゃんは懐からがま口を取り出し、畳の上にじゃらりと小銭を出して一枚拾い上げた。

「金銭《きんせん》を明銭《みんせん》に。明銭《みんせん》を耳栓《みみせん》に」

耳栓を人数分作りだした。デリュージの方を見ると、もう立ち上がってこちらを見ている。やはり会話を聞いていたようだ。みっちゃんはデリュージとブルーベルに耳栓を投げ、デリュージは片手で、ブルーベルは落としそうになりながらもなんとか受け取った。ダメ元でインカムも投げてみると、そちらも受け取ってくれた。

「それじゃ私が行きましょう。リーダーは屋敷周辺の監視お願いしますです。デリュージさんは市内を遊軍的に。事は手早く。遊園地の方にもおまわりさん達がたくさん来てるわけですからね。各人見つからないよう……今、周囲に誰もいないですね？」

グラシアーネは眼鏡を調整、現在位置を上から見下ろすように視点を変えた。

「大丈夫、誰もいない。今ならチャンス」

「では行きましょう」

みっちゃんは音も無く窓を開けて外に出ていき、ダークキューティー、デリュージ、ブルーベルがそれに続く。現在はプクの屋敷近くにある空き家を勝手に利用している。周辺住人に窓から出入りしているところを目撃されると面倒なことになるため、周囲に人がいないことをグラシアーネの眼鏡で確認してから出入りしなければならない。

グラシアーネは眼鏡を再調整し、屋敷から出た自動車に視点をつけた。前後左右から確認、中にいるのが運転手のみ一名であると伝え、スーツを着用しているものの外見から魔法少女であるだろうということを付け加える。自動車を見下ろす視点で移動させ、後をつけた。

◇CQ天使ハムエル

ここW市には、背の高いビルというものがいくつかあり、そういったビルは、他人の目から身を隠す魔法少女の休憩所として役に立ってくれる。

ビルの屋上で一段高い場所の縁《へり》に腰掛け、ハムエルは今後どうすべきかを考えていた。配下のシャッフリン達は市内の各所に潜伏させている。

極めて大きな損害を受けた。ハートは二名損失、クローバーは四名損失、ダイヤは五名損失、スペードが最も酷く、既に絵札三名が捕虜となっていたのに加えて最大戦力であるエースを損失、撤退戦で矢面に立っていたため、それ以外にも七名を損失し、もはやナンバー3とナンバー7の二名しか生き残りがいないという惨憺《さんたん》たる有様だ。

決戦のつもりで全戦力を投入したら予想外の伏兵が出てきて這《は》う這《ほ》うの体《てい》で逃げてきた、なんてことになれば壊滅的なダメージを受けないわけがない。全体の数はともかく、戦力的には半減以下……三分の一、四分の一、五分の一くらいにまで落ちている。スペードのエースを倒した氷使いは、倒れはしたものの、鈴蘭を背負った魔法少女に抱えられ離脱したという情報を受け取っている。死んだ、と見るのは楽観的過ぎるだろう。ホムンクルスを何体か倒したくらいでは全く吊り合っていない。

時間は有限だ。W市内の状況は刻一刻と変化している。置いていかれてしまっては、シャッフリンを消耗するためだけにやってきたおバカな観光客にしかならない。考えるべきは、いかにして目的を達成するか、完璧に達成できないのであれば、どこまで妥協できるか。

選択肢は三つある。

一つは、このまま撤退すること。

もう一つは、現戦力をぶつけ、敵に隙を作ってプレミアム幸子を攫うこと。

最後の一つは、スペードのエースを倒した魔法少女が率いる勢力に協力を申し出、少しでもこちらに有利な条件を引き出した上で共闘態勢を築くこと。

一つ目の選択肢はなるだけなら選びたくはない。このまま帰れば徒《いたずら》にシャッフリンⅡ

を消耗させて成果の一つも挙げられなかった無能な指揮官というレッテルを貼られ、二度と日の目を見ることはないならまだマシで、最悪実験場行きになるか、玉砕と変わらない指令を与えられてどこかでくたばるか、そのあたりが現実的な終着点になる。

二つ目の選択肢は夢物語に近い。誰の邪魔も入らなければ成功する目はあるが、邪魔が入ったから現状があり、ハムエルとシャッフリンⅡ達は四苦八苦している。

三つ目の選択肢は微妙かつ難しい。索敵要員によって「スペードのエースを倒した魔法少女が率いている一団」が「プレミアム幸子を儀式で使うため呼び戻そうとしていたプク派」と戦っていた、という事実が報告されている。プク派の内部分裂やオスク派の手柄争いといった極めて馬鹿馬鹿しい事態ではないのであれば、あれは第三勢力ということになる。ファーストコンタクトは最悪だったが、相手の目的次第では協力できる可能性もあった。儀式の失敗を望んでいたり、プレミアム幸子の拉致を目論んでいたり、といった場合だ。問題は、協力の条件が揃っていたとしても、向こうが協力を必要としないのではないか、ということだ。キャスティングボート云々《うんぬん》以前に戦力として圧倒的だ。弱っている者から協力を申し出たところで足元を見られ、いいように使い捨てられるのが目に見えている。なにかしらの協力する価値がなければ、それはただの隷属《れいぞく》だ。

どの選択肢も悪い点ばかりが見えてくる。ハムエルは四つ目の選択肢を捻り出すべく、戦力の分析を再開した。思考時間は有限だ。

幕間

三時間に渡ってジェスチャーを続け、どうにかテレビを持ってきてもらえた時、シャドウゲールはようやく気が付いた。この部屋にはコンセントが無かった。

延長コードをジェスチャーで表現することは困難を極めた。蕎麦《そば》、ザイル、ピアノ線、ゲームのコントローラー、LANケーブル、鎖鎌《くさりがま》、フック付きロープ、蛇の玩具、ナイロン紐、繋がっているソーセージ、ビニールテープ、包帯、その他様々な長い物が出てきては消えていき、いったいここはどれだけ物が置いてあるのか、そしてこれだけあるのになぜ延長コードは出てこないのかと肩を落とし、三十分後、ようやく気付いた。長い物を持ってきてくれ、ではなく、このままではテレビが使えない、と伝えれば良かったのだと。

シャドウゲールはテレビを指差してから両腕を使って大きな×印を作った。それによって運び込まれたのは各種ドライバーの工作セットで、それはそれで必要と思われるためキープし、次はテレビの電源プラグを指してから部屋の中全体を指して「ここには電源が無いんだ」ということをアピールしてみた。

これでようやく延長コードが来た。一本では足りなかったらしく、何本か継ぎ足してここまで伸ばしてきたようで、ビニール梱包を破いて出したコードAと同じく梱包を破いたばかりのコードBを足し、さらにそれを部屋の外のコードと足し、重い金属扉によってコードが潰されないようドアストッパーを噛ませ、ようやくテレビに電気が通ったのだった。ここまでの長い道のりを思うと目に涙がにじむ。

「ありがとう……本当にありがとうございます」

シャドウゲールは腰を折って深々と頭を下げ、鎧は左手は腰に、右手は顔の前で小さく振った。気にしなくていい、といっているようだ。

確かに気にしなくていいかもしれない。シャドウゲールは相手の親切心につけこんで脱出しようとしている。良心が咎めなくもない。だが先にやったのは向こうだ。拉致監禁なんて真似をした相手に遠慮は要らない。パトリシアならきっと褒めてくれる。プフレも褒めてくれるかもしれない。しかしあれに褒められるのはシャドウゲール的に少々複雑だ。

まずは主電源をオンにし、鎧から手渡らされたリモコンで電源を入れた。四十センチ四方の画面に光が走り、後は耳障りなノイズと砂嵐が――

「えっ」

チャンネルを切り替える。どの局も砂嵐しか表示されない。なにが起こっているというのか。シャドウゲールはテレビに駆け寄り、上面を叩き、側面を叩き、少しずつ力を強くしたがテレビにはなにも表示されず、叩いている最中、一つのことに思い当った。このテレビは形が立体的だ。液晶ではない。ブラウン管だ。つまり地デジに対応していない。

シャドウゲールは、崩れそうになる身体をテレビで支えた。ブラウン管は薄型に比べて安定性は抜群で、変身前に比べても増しているシャドウゲールの体重を受け止めてくれた。

第四章　街を駆けて山を越えて

◇うるる

　今、とてもピンチである、ということをわかりやすく報告したつもりだった。オスク派と、それ以外の謎の勢力から追い立てられていることを伝えた。トランプの兵隊、その装備、それらとも敵対しているらしい気持ち悪い化け物、学者風の魔法少女と黒い魔法少女、二人の魔法少女が見せた魔法、全て伝えた。遊園地で敵勢力に襲われ、謎の存在から手裏剣で援護されたことも伝えた。なんとか逃げ出すことはできたけど、それが精一杯でとてもじゃないけど敵をやっつけることなんてできはしない、ということを伝えた。泣きごとなんてうるるは嫌いだったけど、それでもありのまま伝えるしかなかった。

　――それに……。

　ソラミが殺されたことも伝えた。漏らさず伝えた、はずだ。

　なのに、伝わった気がしなかった。メールの返事から伝わってきた空気は「大変だったね。もう少しで終わるから頑張ろうね」くらいの気軽なものだった。プク派の全勢力をもって助けに向かう、くらいはして欲しかったのに、助けに向かうなんてことは一文も無い。儀式は大切なもので、儀式の中心となる幸子《さちこ》も同じくらい大切なはずなのに。

メールがプク・プックに伝わっていないわけがない。ありのままが伝えられて、その返事がこれというのは、どう考えてもおかしい。頭を抱えたくなって、腕を震わせ、震えた腕を睨みつけた。

頭を抱えていてもなにも変わらない。ソラミが戻ってくるわけでもない。うるるのほうを不安そうに見ている幸子を、もっと心配させるだけだ。

プク・プックの笑顔を頭に浮かべる。プク・プックはいつだって間違えなかった。正しい道をうるるに教えてくれた。今回だって間違えたりしない。儀式を抜きにしてもプク・プックは幸子やうるるを大切にしてくれているし、ソラミの死を誰よりも悲しんでいるに違いない。ショックを受けた様子を表に出して欲しい、というのはうるるの我儘《わがまま》だ。たぶん、ショックは受けていて、泣いたりしていて、でもメールではそれを見せないようにしている。上に立つ人、偉い人、というのはそうしなければならないと聞いたことがある。

救援を出すことができないのは、きっと向こうも手が足りていないからだ。儀式の用意、戻ってきた幸子を守るための準備、屋敷を守るためにも色々としなければならないことがあるはずで、そのためには人手がいる。

頭上が揺れた。車が橋の上を通っている。遅れて排ガスの匂いが振り撒かれる。橋の下に隠れるというのは想像していたよりも惨めな気持ちになった。ここから見えるのは川、川原、橋、うるる達の姿を覆い隠してくれる丈の高い草。草の隙間から見えるのはガードレール、ガードレールの向こうにチェーン店のカレー屋、それにカラオケ店。

ソラミは一度でいいからカラオケに行きたいといっていた。歌が好き、というより「いかにもカラオケで遊んでいそうな見た目なのに一度もカラオケに行ったことがない」というくだらないことを気にしていた。プクは「カラオケは空気が悪いから大人になってからにした方がいいよ」といい、プクのいうことはなんでも賛成するうるるもカラオケに反対したため、その日のソラミは夕飯を食べ終わるまで膨《ふく》れ面《つら》だった。

結局ソラミがカラオケで歌う日は来なかった。橋の下からカラオケ店を見上げているだけなんて、ソラミがいれば笑うか、怒るか、呆れるか。

うるるは拳を握った。魔法少女は強い。うるるも強い。心も体も強い。

ソラミとは施設からの付き合いだった。プク・プックにスカウトされて屋敷に招かれるまでは幸子とソラミとうるるの三人だけでずっと一緒にいた。一緒にいるほうが生きやすかったからだ。一人一人バラバラになっていれば奪われる人になる。三人一緒にいれば、三人分の強さがあって、簡単に奪われてしまうことはなくなる。誰か一人が風邪をひいた時は、二人の内一人が看病して、もう一人が風邪薬をくすねてくる。誰か一人が腹を空かせている時は、別の誰かがキープしておいたパンやお菓子を出してやる。寝る時はお互いの手を握り合い、誰かが怖がれば慰めてやる。

プク・プックの屋敷に入るまではずっとそうやって生きてきた。屋敷に入ってからは、そんな生き方をする必要が無くなった。もう一緒にいる必要は無くなったけど、それでもソラミと幸子と一緒にいた。

うるるは拳を強く握った。骨の鳴る音が聞こえた。

魔法少女は強いから、ソラミが殺されても泣いてはいけない。

模擬戦でも組手でも一番強いのはソラミだった。プク・プックは幸子の将来を心配していた。うるるに「もう少しリンキオウヘンに動ける方がいいよ」とアドバイスし、「リンキオウヘンってなんですか？」と聞き返したこともあった。だけど、基本、ソラミにはなにもいわなかった。一番信頼されているように思えて妬《ねた》ましかったこともある。

それでも殺された。うるるは固く握った右の拳を左手で覆った。

うるるはクールでいなければならない。ソラミのように、怖いことがあっても飄々《ひょうひょう》としていなければならない。魔法少女ならそれができる。魔法少女は泣いたり喚いたりしてはいけない。すべきことをしなければならない。情に流されてはいけない。プク・プックは「魔法の国」を救うために儀式を行おうとしている。うるるは儀式を成功させるために全力を尽くす。自分の命に代えても、絶対に、絶対に、幸子を連れ帰る。ソラミだってそれをやってのけた。うるるだってやってみせる。

魔法少女ならそれができる。プク・プックから貰った力はプク・プックのために使う。ソラミのことで泣きたくなっても、魔法少女には許されない。

さっき敵を追い払った時は、感情に任せて叫んだ。自爆して道連れにしてやるというのはもちろん嘘だったが、まとめて殺してやりたいと思ったのは事実だった。

うるるの魔法にはいくつかの発動条件がある。こちらが話し、相手が聞かなければならない。うるる自身がそれは嘘だと認識していなければならない。実際に、それは嘘でなくてはならない。うるるの叫びはすべての条件を満たし、敵はうるるの嘘を信じて逃げていった。

敵の撃退には成功したが、所詮は嘘でしかない。どんなに憎い相手でも、傷つけてやることはできない。脅かすのが関の山だ。

掌で包んだ拳をぐっと握り締めた。

何年前の話になるだろう。プク・プックは、うるる、幸子、ソラミを集めてこういった。姉妹仲良く暮らすようにね。私がずっと守ってあげるから、と。

ソラミはもういない。でも幸子がいる。幸子を守る。プク・プックから「うるるはお姉ちゃんだからみんなを助けてあげてね」といわれたことを思い出す。プク・プックの命令は守る。ソラミは守ることができなかった。幸子だけは守る。

拳を包んでいた手を離し、横を見た。スノーホワイトが川に反射した太陽の光に透かしてじっと手裏剣を見ていた。

スノーホワイトは淡々としている。その態度が鼻につかないといえば嘘になる。でも、その強さは悔しいけど認めるしかない。うるる一人じゃ影の獣を相手にするだけでやっとだった。スノーホワイトは影の獣と黒い魔法少女の両者を相手に戦っていた。薙刀を振るい、突き、敵と切り合う姿は目で追いかけることさえ難しかった。

今、生命の危機にあることもスノーホワイトにとっては大したことではないのだ。ソラミが殺されてもよくあることと思っている。仕事さえ果たせばそれでいいというプロの魔法少女がスノーホワイトだ。だったらそれを利用してやる。少なくとも裏切ったり大失敗して一行《いっこう》を窮地《きゅうち》に陥《おとしい》れたりということはないだろう。

◇プク・プック

うるるからの救援要請があった。でも今は助けに行ってあげられるだけの人手がない。オスク派だけでも大変なのに、それ以外の誰かが襲ってきたというのは大変なことだ。見たこともない悪魔の大軍団を率いているなんて、ただの敵じゃないに決まってる。

色んな所から色んな勢力が集まって幸子を狙っている。今のW市はとんでもない大混乱の最中で、逃げるだけでもやっとというのはけっして弱音を吐いているわけじゃない。うるるがいうなら事実なんだろうと思う。うるるは見栄っ張りで自分の弱い所を見せたがらない。怪我をしても物を失くしても悪口をいわれても強がってみせ、それこそが自分の強さなんだといわんばかりに胸を張る。そのうるるが虚勢すら失くして助けを求めている。

「ごめんね、うるるちゃん」

詫《わ》びの文句を口にし、ポテトチップスを一枚摘《つ》まみ取った。

どう計算しても人手が足りない。半端な人数、半端な人材を助けに行かせたところで役には立たず、犠牲者が増えるだけになる。だったら今のメンバーで頑張ってもらうしかない。

できることなら全員助けたい。幸子が儀式の大切なパーツの一つだから、というだけでなく、プク・プックの友達だから助けてあげたい。ソラミだって助けてあげたかった。うるるや幸子まで命を失ったら、なんてことは考えたくもない。

ポテトチップスを齧《かじ》った。塩味が効いている。コップを掴み、傾ける。気の抜けた温《ぬる》いコーラが喉を下っていく。こんな飲み物であっても刺激が強い。

炭酸、塩分。身体があるから刺激になる。神霊《しんれい》ではなく現身だからこそ得られる刺激はプク・プックの好むところだ。もっとも、良い刺激ばかりではない。なるだけ遠ざけておきたい刺激もある。親しい者の死、自分自身の死、そういうものだ。

絶対に避けたい、そんなことは嫌だ、そう思っていても向こうからやってくる。ソラミは殺されてしまった。幸子とうるるも窮地に立たされている。知り合ったばかりのスノーホワイトだって死んでほしくはない。

スノーホワイトという魔法少女は懐に入れておきたい希少な宝物だ。グリムハートを潰したという事実のみでも大変な価値がある。せっかく向こうがその気になって友達になってくれようとしているのに、使い潰していい存在ではない。

だが、それでも、援軍を出すことはできなかった。

プク・プックは天井を見上げた。羽衣《はごろも》を着て舞い踊る天女が見事な筆致で描かれている。招待された客はその美しさに吐息を漏らすが、プク・プックには日常の見慣れた光景に過ぎない。見飽きた物、もはや刺激ではない。

人手は足りない。一滴まで絞り尽くしてもまだ足りていない。儀式には複数のパーツが必要だ。儀式を行うための場所を守るべく人員を手配しなければならないし、使用する術具を厳選すべく目利きを遣わさなければならない。他にも色々と人手がいる。

甘い蜜に虫が群がるように、幸子の周囲には敵勢力が集まっている。大切な友達のために援軍を出してあげたくても出すことができない。

プク・プックはソラミのことを想い、右の頬に一筋の涙を流した。

◇プフレ

現場の動きは逐一《ちくいち》伝わってくる。

自分を大きく見せるためか、殊更物事を大袈裟に表現する魔法少女が多い中、デリュージに付けた三人は数少ない「起こったことを起こったままに伝えてくれる魔法少女」だ。

外を見ると窓に雨粒が当たっていた。

護《まもり》が監禁されている場所では雨が降っているだろうか、などと感傷が胸をよぎるが、意識的に考えないようにしている。W市は晴れている、という事実の方が大事だ。ダークキューティーが全力で戦える環境が整えられているということになる。

それに加えて物知りみっちゃん、グラシアーネ、プリンセス・デリュージ、デリュージが率いる新型の戦闘用ホムンクルスが数百体という大戦力だ。W市の中では圧倒的な戦力を誇り、プレミアム幸子奪取作戦の成功は目前、に見える。

しかし、それがおかしい。

オスク派はシャッフリンと指揮役の魔法少女一名を派遣し、追加戦力はない。これは理解できる。オスク派は合議で決定したことを妨害しようとしている。グリムハートの件で大きなマイナスを背負っているというのに、全戦力を注ぎこもうなど出来ることではないし、自分の失態をこれ以上大きくしたくない指揮官が援軍を要請しないということは想像がつく。

だが、プク派も、今のところ追加戦力の投入はない。こちらは奇妙な話だ。本陣であるプク・プックの屋敷は市内にある。そして攻撃された側、被害者サイドであるという大義《たいぎ》名分《めいぶん》も持っている。自分達の仲間を襲ったやつらがいるから、それを助けるために敵を上回る戦力を投入する、というのは立派な理由だ。さらに、手段も地の利もある。

実際に出てきたのは乗用車が一台のみだ。

みっちゃん、ダークキューティーと戦った連中は彼女達二人の強さを身に染みて知っただろう。デリュージ率いる戦闘用ホムンクルスの物量も同じだ。プク・プックにそれが報告されていないとは思えない。そんな報告を受けたプク・プックが車一台の援護のみで放置するというのは理屈が通らない。

ロングレンジからの手裏剣投擲《とうてき》で攻撃してきた魔法少女は、未だ姿さえ確認されていない。こちらが隠し玉だとしても、援軍としてあまりに消極的だ。

逃げ出したプレミアム幸子を巡ってプク派とオスク派が争っている。魔法少女狩りのスノーホワイトがプク派についた。全てデリュージのいった通りだ。これらの情報をどうやって手に入れたのか。デリュージが、というより、デリュージの背後にいるであろう何者かが、だ。

事は機密といっていい。プク派かオスク派、もしくは両方の内部事情に精通していなけければ知りようがない。だが、もしその二派どちらか、もしくは両方に通じるほどの存在であれば、どうしてわざわざ人造魔法少女やプフレを利用しなければならないのか。「魔法の国」の序列に属し、高い地位を持っていれば、シャドウゲールを攫ってプフレを使うという回りくどい真似をせずとも自前の兵士を使えばいい。

やっていることがちぐはぐだ。

プフレは自嘲気味に笑ってカーテンを引いた。なにかが足りていないということはわかっているのに、そのなにかがわからない。シャドウゲールはなにかを隠していた。今回の事件に関係することなのだろうか。

少しネガティブになっているのを自覚する。前向きさが足りていない。考えてわからないのなら、考える前にやることがあるはずだ。人事部門に戦闘要員は少ない、とデリュージには、いった。あれは事実だ。だが暴力に秀でていなければ無能というわけもない。戦闘要員が少ない、ということは、それ以外を頼みとしている者が多いということでもある。

自分に監視がついていないことはほぼ確信できた。プフレは魔法の端末の電源をオンにした。部下を動かし、情報を集める。

◇物知りみっちゃん

ビルの屋上を超え、民家の屋根を超え、グラシアーネの指示に従い不審な外国車の後を追う。車が目的地に到着次第、上空の悪魔十体と共に急襲、車の中の人間、もしくは魔法少女を確保する。

物知りの名を冠しているから、というわけではないが、記憶力にはそこそこ自信があった。頭の中の市街地マップと照らし合わせ、現状どの辺りを自動車が走っているかを割り出し、同時に足を動かしついていく。市街を突っ切り、そこから山沿いの道に出た。市の外周をぐるりと周る形で自動車が走り続ける。ビルや民家のような物陰が少なくなる分、尾行はやり難くなるが、グラシアーネの支援を受けながらならどうということはない。

トンネルの上、草木を切り開いて獣道に出、そこから国道に合流し、トラックの陰に隠れてターゲットを追う。制限速度プラス九キロまでをしっかりと守り、その法令順守ぶりからは焦燥《しょうそう》が見えない。かといって警戒しているかというと、それにしては暢気《のんき》に運転している。信号のない横断歩道で歩行者に道を譲ったり、という運転ぶりは生命を落とすかもしれない任務に就いている者としては少々緩すぎる。

側面に彫り込まれたレリーフは水鳥の羽が生えた月桂樹の冠、確かにプク派のエンブレムだ。ウィンドウはスモークが濃く、中の様子はよくわからない。

幸子捜索部隊が襲われたことを知らされていないわけがない。知らされた上で出した援軍がこれ、ということか。外国車は魔法がかかっていない普通の乗用車、中の気配はただ一人のみ。援軍というよりは送迎車というのがしっくりくる。

——送迎車を呼ぶ？　送迎車を？　この窮地に？

そんなバカな話はあるまい。三賢人といえば魔法少女にとっては雲の上の存在だが、いくらなんでもそこまで浮き世離れしているということはないだろう。

山を下り、畑横の農道もどきを抜け、再び山の中へ。頭の中のマップで位置を確認する。市街地を突っ切り、山に出て、市の外周を周り、そこからさらに走っている。ぐるっと四分の一周してしまうことになるが、それなら直線距離で移動すれば遥かに早く目的地へ到着する。

暢気にしてるとはいっても早ければ早いほど良いという状況に変わりはない。わざわざ遠回りをするということはなにか理由があるということだ。たとえば、そう、尾行を警戒している、とか。それならば遠回りする理由にはなる。

——警戒してる、のか？

まるでそんなふうには見えない。ただ漫然と車を走らせている。尾行を警戒するならもっと気を張り詰めているべきだし、背後を意識さえしないなら遠回りするような必要はない。ならば別の理由で遠回りをしているということではないだろうか。

蛇行する山道を真っ直ぐに走り、木や草を蹴り飛ばして進む。

——違和感がある。

車が無駄に遠回りのルートを通っていた理由があるとしたら、尾行への警戒と、もう一つ。囮だ。生餌として車を動かし、敵を釣り上げる。

九割囮、一割が尾行への警戒と読んだ。どちらにせよ、このまま戦力を割くのは愚作、だが放置してしまうのも気持ちが悪い。

いっそ潰してしまうのがいい。

みっちゃんは悪魔達に向けて指示を出した。

「総員、山の降り口へ。三十秒で片をつけるですよ」

頭の中にマップを展開し、降り口への最短コースをシミュレートした。自動車とは違い、みっちゃんは獣道さえ無い山の中を真っ直ぐに突っ切って進むことができる。方向感覚さえ間違っていなければいい。

草を踏み、木を折り、崖を跳び、谷を駆け下り、全速力で山を駆けた。野外での行軍には慣れている。魔王塾のサバイバル訓練に参加し、トップに肉薄したこともあった。

十分で降り口に到着し、デモンウイングに指示を出す。木々の陰、落ち葉の下、土を被る、等々して周囲に潜伏させ、みっちゃん自身は土で団子を作り、手の上に乗せた。

「小球《しょうきゅう》を小銃《しょうじゅう》に」

これで自動小銃を一丁つくる。周囲を見回すとバス停があった。先程まで待ち人がいたのか、灰皿からはお誂《あつら》え向きの煙が立ち上っている。みっちゃんは煙の上に手を翳《かざ》し、

掌の中に煙を溜めた。

「主流煙《しゅりゅうえん》を手榴弾《しゅりゅうだん》に」

念のため二つ作っておくことにする。

さらに自動販売機横のゴミ箱からスチール缶を一つ取り上げ、捩じり、捻り、摘み取り、素手で解体しバラバラの破片に変えた。乾いたジュースがベタついていて汚らしいが、勝手に廃物利用している身で文句をいえる筋合いではない。

「さて、そろそろですね」

十分経たず、法定速度を守って外国車が山から下りてきた。それに合わせ、みっちゃんは道路に飛び出し、手の中でじゃらつかせていたスチール缶の破片を摘んだ。

「鉄片《てっぺん》を鉄壁《てっぺき》に」

みっちゃんの魔法では手で持つサイズまでしか作ることができない。だからこそ腕力を鍛え、重量に耐えられるだけの訓練をしてある。道の真ん中に厚さ二十センチ、高さ一メートル半、幅二メートルの魔法の鉄壁が生成された。さらにもう一枚、二枚、三枚と摘み取る。

「鉄片《てっぺん》を鉄壁《てっぺき》に。鉄片《てっぺん》を鉄壁《てっぺき》に。鉄片《てっぺん》を鉄壁《てっぺき》に」

衝撃、地面が揺れる。四枚重なった鉄の壁は、頑丈そうな外国車の体当たりを受け止め、僅かに動くのみだった。

手榴弾のピンを抜き、壁の向こう側に投げ落とした。耳を塞ぎ、口を開け、側溝の中に身を滑り込ませた。

みっちゃん特製の手榴弾で車体が三メートル浮き上がり、落ちた。爆破、それに自動車が落ちた衝撃で周囲の木々が揺れ、枯れ葉がバラバラと降り注ぐ。自動車を受け止めて小動しかしていなかった鉄壁が爆発で削れている。

茶色の枯れ葉にまみれてみっちゃんは側溝の中から立ち上がった。外国車からは黒煙が立ち昇っている。いくら人の通りが少ない山道の降り口とはいえ、早くて五分、どれだけ長くみても十分あれば警察がくるし、ただの野次馬ならもっと早くやってくる。

仕事は手早く確実に終わらせる。自動小銃を抱え、慎重な足取りで一歩踏み出し、そのまま横っ飛びに跳んで転がった。手裏剣、クナイがコンクリートを割って地面に突き立った。悪魔達が騒いでいる。

みっちゃんは自動小銃の引き金を引き絞り、弾丸の壁で手裏剣を撃ち落とした。一枚や二枚ではない。無数の手裏剣が枝を斬り飛ばして向かってくる。

上を見た。辺りで最も背の高い木の頂点に忍者が立っていた。

◇うるる

じりじりと時間が経過している。ただ待っているというわけじゃない。相手が夜になれば戦い難いということがわかっているから待っている。

スノーホワイトは心の声を聞く。相手が「こうされたくないな」と思っていることを知ることができる。遊園地で戦った魔法少女「ダークキューティー」は、影を使って戦う魔法少女だった。影を使ってたたかうためには光が必要になる。太陽が顔を隠してしまえば、街灯やネオンの灯りを使うか、自前の灯りを用意しなければならない。完全な暗闇でなければ影はできるし、本人の戦闘力も高いが、戦い難くはなることは間違いない。スノーホワイトはそういった。

「ダークキューティー？　なんで名前知ってんの？」

「有名な魔法少女ですから」

「キューティーヒーラーシリーズ見たことないぽん？　ダークキューティーはキューティーヒーラーギャラクシーに登場したライバル魔法少女ぽん。作中で倒されることも改心することもなかったという例外的な存在だったぽん。番組終了後も一年に一度のお祭り、全キューティーヒーラーが参加する『キューティーリリーフに堕ちることなく孤高の悪役を貫き、キュ場したぽん。映画の中でもコメディーリリーフに堕ちることなく孤高の悪役を貫き、キューティーヒーラー達を苦しめ続けていたという一本筋の通った悪役ぶりは正義の魔法少女に声援を送る立場から見ても中々唸らされるものがあるぽん。火星で行われたキューティーアルタイル、キューティーベガとの決戦は今でもファンの間で語り草で……」

「ファル、ちょっと声大きい」

「あ、ごめんなさいぽん」

「アニメのキャラクターってこと？」

「魔法少女アニメの登場人物が実在する魔法少女をモデルとしているというのは周知の事実ぽん。自分をモデルにしたキャラクターがアニメに登場するというのは魔法少女にとって最大の誉れであり、それを目指して日夜努力する魔法少女は――」

「ファル？　長くなるならやめてね？」

「あ、ごめんなさいぽん」

「ファルは魔法少女アニメの話をする時だけ生き生きとしてるよね」

「その言い方はあんまりぽん」

マスコットキャラクターと魔法少女の遣り取りについ口元が綻び、いやいや、こんなことで和んではいられないと気合いを入れ直して表情を引き締めた。隣の幸子を見ると、いつになく思い詰めた表情で俯《うつむ》いている。和んで油断するのは確かに駄目だけど、幸子の顔を見ているとこれはこれで良くない気がした。

うるるは幸子の肩に手を置いた。幸子はびくりと震えてうるるを見た。幸子の表情は思い詰めているというより怯えていて、やっぱりこれは良くない。

「幸子、心配しなくていいからね。別に油断しろっていってるわけじゃないけどさ。でもやっぱり心配しなくていいから。うるるが命に代えても幸子をプク・プック様の所にまで連れていってあげるから」

幸子は小さく口を開け、目には涙が溜まり、すぐに決壊して顎先まで流れた。顔を背け、両腕で隠して「ごめんなさい」と呟いた。うるるは幸子越しにスノーホワイトと目を合わせ、頷いてみせた。

「あのね、幸子。別に謝るなとはいわないけど、それはもう後でいいから。今は……えっと、なんていうんだっけ。『チンシャ』よりも、行動しないと、行動。屋敷に帰ることができればそこでいくらでも謝ればいいし。まあ、あんまり謝られても鬱陶《うっとう》しいかもだけど」

なるだけ優しい顔をしてやろう、と意識はしたものの、実際優しい顔ができたかどうかはわからない。川面の光に目を眇めながらゆっくりと話して聞かせた。

「プク・プック様に迷惑かけちゃったのは、まあ次からやらないように気を付けて。帰ることさえできれば、無事に儀式さえ終われば、幸子はいくらでも謝ることができるでしょ。だからなにがあっても絶対に戻ろう。うるるはね、決めたの。どんなことがあっても絶対に、絶対に、幸子のことは守るって。屋敷に連れて帰るんだって」

一息で喋ったせいで息が切れた。大きく息を吸って、続けた。

「もしうるるが……死んじゃったりしても、幸子はプク・プック様にお仕えしてね。無事に儀式を成功させて、その後もプク・プック様のお役に立ってね」

幸子は口を開けたまま歯を食いしばり、首を横に振った。

「ごめんなさい……ごめんなさいうるる姉……わたし、儀式嫌だ」

なにをいっているのかを考え、意味がわかった時、うるるは幸子の胸倉を掴んでいた。

スノーホワイトがそれを止めようとして間に入ったが、構うことなく怒鳴りつけた。

「ふざけんな！」

「ごめんなさい、ごめんなさい……でも、でも」

「ふざけんな！　ふざけんな！　なんで、なんで！　ソラミだって死んじゃったのに！　みんながあんたに戻ってきて欲しいと思ってるのに！　どうしてまだそんなこといってんの！」

「うるるさん、声が大きいです」

「大きな声出したら敵に見つかっちゃうぽん」

「こいつが……こいつが！」

うるるを後ろ手で押さえ、スノーホワイトは幸子に向き直った。

「わたしにも教えてください。なぜそこまで恐れているんですか？　幸子さんの心の声が聞こえますけど、いくらなんでも恐れ過ぎているように思えます」

幸子は顔を押さえたまま激しく首を左右に振った。

「わかんない！　わかんないよ！　でも、でも！　儀式のことを考えると、嫌なことばっかり頭に浮かんで離れてくれないの！　なんだかわかんないけど……」

幸子が臆病なのはうるるもよく知っている。でも、今の幸子はいつもの臆病な幸子とも少し違っていた。どこかどう違っているのかというと言葉にはし辛い。でも確かに、どこかが違っている。いつもの幸子じゃない。ソラミがいなくなって混乱しているのかもしれない。握り締めていた拳から力が抜けた。うるるは幸子に話しかけようとし、合成音声がその邪魔をした。

「魔法少女反応あるぽん！　こっちに近づいている！」

うるるは幸子を素早く立たせ、スノーホワイトはそれを確認すると、先頭に立って駆け出した。

◇プフレ

「手裏剣を使う魔法少女」という条件で該当者を洗い出した。忍者モチーフの魔法少女はそこまで数が多くない。見えないほどの距離から手裏剣を投擲するとなれば猶更《なおさら》だ。

人事部門のファイルを検索するとすぐに出てきた。行方不明中の魔法少女、リップル。

行方不明になったという事件は魔王パムが暗殺されたという一事で有名だ。暗殺者の捜査から反体制派の乱入、反体制派が刑務所から解放した凶悪な魔法少女が大暴れした。人事部門所属の魔法少女である7753《ななこさん》も巻きこまれている。

プフレは人差し指でとんとんと額を叩いた。

事件が発生したのはプフレが人事部門の長になってからのことだ。7753が現地にいたのであれば、そちらに指示を出すのが自然だろうに、なぜかプフレは一切タッチせず、事件が自然と収束するに任せている。

プフレは自分自身を知っている。

プフレという魔法少女であれば、事件に対してもっと積極的に介入しようとするだろう。この事件は探って欲しくない人間がいる類の事件だ。そういう事件であれば、首を突っ込むだけで色々と面白い立ち回りができる。上手いことをやれば、もっと上の地位――より「魔法の国」に近い場所につき、権限も増え、やれることが増える。

それをただ放っておいたというのは考え難い……が、現実はただ放っておいた。

さらに以前まで遡《さかのぼ》れば別の不思議も浮上する。

プフレは人事部門の長である。正々堂々、不正も恐喝も収賄も無しで誰に後ろ指を差されることもない手段で長にまで上り詰めた。しかし、人事部門の長というものが「一生懸命働きましたから評価されました」でなれるものだろうか。しかもプフレはスピード出世とされている。なにかしら他人にはいえない手段を用いているのが自然ではないだろうか。

プフレという魔法少女、人小路庚江《ひとこうじかのえ》という人間であれば、人小路家の財であったり、祖父の人脈であったり、他人の後ろ暗い行いであったり、そういったものを利用して地位を向上させるのが当然という気がする。自己評価は甘くない。護の前で良い人を気取ることがあっても、自分自身の本質については誰よりも知悉、精通している。

なにかが起こっているということは既に推測していたが、推測がより確かな形をもってプフレの前に現れようとしていた。

次に「魔法の国」本国の、最上層部会議の議事録の写しを開く。本来は閲覧不可だが、部門長というのはそれなりに融通が利く。プク・プックが行おうとしている儀式とは具体的になにをするのか。それを知りたい。有能な部下はどこが必要かと自分の頭で考えようとはせず、ここ一ヶ月分を丸々用意してくれた。一ページにつき二秒の時間で速読する。

もう一つ、行方不明になった魔法少女のリストだ。こちらも負けじと数が多い。現在行方不明になっている魔法少女が使う魔法を調べる。なんらかの傾向が見えてくれば、プフレの推論を補強してくれる材料になるかもしれない。これは議事録の半分の速度、一ページにつき一秒あれば充分だ。魔法少女の身体強化は殴り合いにしか役に立たないわけではない。

考察の時間を含め三十分弱。だいたい見えてきた。プク・プックの狙いがプフレの推測通りだとすれば、プレミアム幸子に関わっている場合ではない。

誰かを現地、W市に送る。デリュージをコントロールするためには指揮官が必要だ。それを誰に任せるか。候補を頭の中に並べ、しかしこれぞという者がいない。

人事部門の内側だけでやろうとすると歪みが出てくる。人事部門の外側に頼もうという気は元よりない。人事部門の内外どころかプフレ自身にさえ不審な点がある。現状、信用していい魔法少女がどこにいるか。

——あ、そうか。

一人思いついた。

プフレは立ち上がり、魔法の端末を取り出してナンバーを押した。窓の外は雨だけでなく風が吹きつけ、庭木が葉を揺らしていた。

◇プク・プック

幸子達を心配しながらも助けを出すことはできず、かといって自分で助けに行くこともできない。座布団を三枚並べ、一枚は丸め枕にして横になり、輾転反側《てんてんはんそく》するしかなかったプク・プックは、待ちに待った朗報を聞かされ快哉《かいさい》を叫んだ。

一しきり喜んでから少し品が無かったかと反省し、照れ笑いをしてみせたら部下がとても喜んでくれたので結果オーライというところだろう。

「それじゃあ迎えにいかないと」

　屋敷の周囲が監視されているらしい、という報告は受けている。安全に迎えに行き、安全に戻ってくるためには魔法が必要で、魔法を使うためには人手が必要だ。この時のために助けにも出さず屋敷に待機させておいたのだから、たっぷりと働いてもらわなければならない。もちろん、同じように待機していたプク・プックも一生懸命に働く。

　まずは着替えだ。

　この世界では見た目で他人を判断する。見た目というのは服装も含まれる。モチーフに魔法少女の能力が左右されてしまうのも世界観が入っているのではないかと睨んでいるが、このことを学会に発表しようとは思わない。

　見た目で判断されるからには部屋着のまま外に出るわけにはいかない。

　アフタヌーンドレス、振袖、園児服、夜会服、ロリータファッション、召使いが持ってくる服を着ては脱ぎ、こういう時はどういうファッションで攻めるべきかを配下と相談し、人間の中に混じっても目立たない、それでいて良い印象を与えるということで子供らしいシンプルなエプロンドレスを選択、髪飾り、ネックレス、ソックス、ショーツ、ドロワーズ等々を合わせていく。髪を梳《す》き、整え、カチューシャで纏めてもらい、でもヘッドドレスの方が可愛いかなと目移りし、こういう時のプク・プックは中々決めることができない。

無駄に時間をかけるわけにはいかない。幸子やうるるは今もまだ敵に怯えて逃げ隠れているし、スノーホワイトは必死で戦ってくれているはずだ。本来なら助けを出さなければならないの立場のプク・プックが他に戦力を割いているせいで手助けすることができなかったのだから、ファッションは最低限で抑え、素早く目的を達成しなければならない。

普段なら五時間はかかるところを凡《およ》そ一時間半にまで短縮した。頑張っている幸子達のことを思えばこれくらいの努力は当然だと思う。

コロンはなるだけさり気無く香るものに、ネイルは薄い空色で上品に。

鏡に向かってにっこりと笑い、これならきっと仲良くなれるはずだと自分にいい聞かせる。自信を持つということは結果につながる。幸子だって、もっと自分に自信を持つことができていれば逃げ出すことはなかっただろう。

威圧的ではない、でも真面目さをアピールするため、可愛過ぎない、機能性を重視したクッションの座り心地の良い自動車を選び、乗りこんだ。仕切りで運転席及び助手席からは隔離されているため、後部座席はプク・プックだけの空間だ。ドレスに皺がつかないよう注意してごろりと横になった。

帰りにはもう一人増えている。その時はまさか横になるわけにはいかない。たとえ友達同士だろうと礼儀というものは弁えておかなければならない。

屋敷を出る時は複数人の術者に簡易的な特殊結界を張らせ、屋敷の門が開いたことも門から自動車が発車したことも余人には気付かせない。本当に必要なことは他人には教えてはいけない。プク・プックと友達だけが知っていればいいことだ。

自動車の揺れは無い。自室で横になっている時と変わらない。

寝返りを打ち、幸子のことを思う。彼女はまだ逃げている。臆病で、弱虫で、嫌なことがあればすぐに逃げて、それでもプク・プックは幸子のことが好きだった。泣いている幸子の頭を撫でてやり、どうして泣いているのか優しく聞いてやる。幸子はぐすぐすと鼻を鳴らし、どれだけ悲しいことがあったのかをプク・プックに教えてくれる。

今回、幸子は帰ってきたらどんなことを話してくれるだろう。どれだけ嫌なことがあって、どれだけ悲しいことがあったのかを話してくれるだろう。

幸子の頭を撫でてあげることを想像すると、プク・プックは良い気持ちになれる。幸子の頭はとても形が良く、髪の毛はさらさらと掌を撫でて逃げていく。

新しい友達にも教えてやろう。幸子の良さを、幸子の可愛さを。

幕間

ケーブルとテレビが手に入ったのだから、これ以上は食い下がらない。大人しくブラウン管テレビを受け取り、こっそりと改造してしまおう。そう決めた。

「ありがとうございました」

鎧に頭を下げ、テレビを部屋の隅に置いた。さあ、これで鎧が出ていってからが本番だ。

シャドウゲールは座ったまま、そっと背後を盗み見た。鎧がいた。目の位置がわからないため視線がどこを向いているかいまいちわかりにくかったが、どうやらシャドウゲールのことを見ているようだ。

シャドウゲールは鎧に向き直り、頭を下げた。

「本当にありがとうございました」

リモコンを手に取り、電源を入れる。画面は砂嵐のまま変わっていない。

ああ、と気付いた。暇潰しのためテレビを求め、そのテレビはなにも放映しないブラウン管テレビだった。ならば、どうしてシャドウゲールは納得してしまっているのか？　鎧の視点に立って考えた時、あまりにも不自然過ぎる。
「い、いやー……なにも映らないなー、これ……困ったなあ」
独り言を繰り返し、チャンネルを変えていく。どこに合わせようとなにも映らないのは
シャドウゲールだって知っていた。だが今は知らないふりをする。
「おっかしいなあ。不思議だなあ」
私は不自然なことをしていないということを全力でアピールする。
「あー、これはどうしようもないなー。暇潰しでテレビ借りたけど、どこのチャンネルも
映らないなー。諦めるしかないなー」
ガチャガチャと鎧が動く音が聞こえ、次いで金属の扉が開閉した。シャドウゲールは振
り返った。鎧がいなくなっている。シャドウゲールの演技力に騙されたのだ。
小さくガッツポーズし、慌てて咳ばらいして誤魔化した。鎧がいなくなってくれたとは
いえ、あからさまに喜ぶのはまずい。まだ四体の黒い生き物が残っている。こいつらがい
なくなる、ということはないだろう。目を欺《あざむ》き、少しずつ事を進めなければ。
とはいえ、ようやく一歩進んだ。ここからは演者としてではなく、技術者として腕の見
せ所ということになる。まずはリモコンか。それともテレビ本体か。あえてケーブルに手
をつけてみるというのもありか。シャドウゲールが頭の中でプランを練り始めてから五分
も経たず、階段を降りる金属音が聞こえ、扉が開いた。

鎧が立っていた。手にはボール紙の箱を持っている。中を覗いてみると、二世代ほど前のゲーム機、それにいくつかのソフトが入っていた。

「ああ、はい。そうですね。確かにゲームならできます。大丈夫です。接続は簡単なんで……」

まさかこんな場所でゲームをすることになるとは思っていなかった。しかしやらなければやらないで怪しまれることになる。ならやるしかない。接続し、テレビ、ゲームと電源を入れる。鎧がじっと見ているせいで接続中に改造する隙は無い。

シャドウゲールはデモ画面をスタートボタンの連打で飛ばした。

小学生の頃にプレイしていれば、荒いグラフィック、チープな音楽、対象年齢不明な難易度、理解できないストーリー、その他諸々を馬鹿にし、「レトロゲーなんておっさんが有り難がってるだけで、今の若者がやれば糞ゲーと変わらない」という捨て台詞とともにプレイを放棄していたのではないかと思う。

今やってみると、案外面白い。グラフィックも音楽もこれはこれで味があるな、と思えるようになった。女子高校生はおっさんではないが、小学生に比べればそれなりに大人ではある。

ただそれで楽しいかというとそんなことはなかった。ゲームをプレイするシチュエーションが悪過ぎる。背後を振り返らずとも、そこに鎧がいるということはわかる。扉が開閉した音は聞こえてこなかったし、時折金属が擦れる音がする。シャドウゲールの背後でゲームプレイを見ているのだ。

単純な電子音が室内に響く。赤を使った強い点滅は今のゲームではお目にかかれないだろう。少しずつ覚えながらゲームを進めていく。単純なアクションゲームではあるが、やっていると「あ、けっこう奥が深いんじゃないかな」と思える時がある。確かこのゲームは続編がいくつか出ていたはずだ。人気作であったということは、やはり面白いゲームではあるんだろう。問題はシチュエーションのみだ。

鎧は見ている。視線を感じる。背中がちくちくと痛む。

シャドウゲールの魔法を警戒して一人にしないというのであれば、そもそもテレビもゲームも渡さなければ良かったということになってはしまわないだろうか。退屈を紛らわせるためという名目で、誘拐監禁している相手にスマートフォンを渡す誘拐犯はいない。それが武器になるとわかっているなら最初から渡さない。退屈しのぎであれば、漫画雑誌を渡しても良し、パズルを渡しても良し、詰将棋の本を渡しても良し、電源を使用しない娯楽は山とある。

つまり警戒しているからではないはずだ。では他にどんな理由があるのか。

ふっ……と脳裏に浮かんだ思い出があった。

あれは小学生の頃だったろうか。一つ一つ、やってきたこと、考えていたことを思い返すと、大変に小癪な餓鬼だったように思えるが、近くにいたもう一人餓鬼が飛び抜けて酷かったせいか、普通の範囲内だった気もする。

護は自室でテレビゲームに興じていた。当時話題で予約殺到とゲーム雑誌にも書かれていたアクションゲームだった。コントローラーを握って一時間、二時間、時間が経つのも忘れてゲームを続け、気付けば背後に庚江がいた。

ベッドの上にちょこんと腰掛け、ゲームをプレイする護を見ていた。護が小学生だったということは、庚江も当然小学生だったはずだが、視線による圧力は尋常なものではなく、護《まもり》はゲームに集中することができなくなり、些細な凡ミスで無駄に残機を減らした。

当時の護はこう解釈した。

庚江はゲームをしたいから「早く譲れ」と圧力をかけている。

精一杯の皮肉を込めて、やりたいならどうぞとコントローラーを渡そうとすると、庚江は首を横に振ってやりたくないという。だったらとゲームを続ければ、後ろからプレッシャーがかけられるせいでまともにゲームができはしない。

譲ろうとすれば断られる。

ゲームをしようとすれば圧力をかけられる。

このゲームをやめて別の遊びをしましょうかと提案してみても首を横に振られる。

他にどんな選択肢があるのか。いったいお嬢はなにがしたいのですかと直接的に訊ねることを庚江はきっと良しとしないだろう。

小学生の護は考えた。いったいなにを求められているのか。庚江は、なにをして欲しいのか。どうすれば正解なのか。考えに考えた結果、自分でもわけがわからなくなり、もうどうでもいいやと選んだ選択肢が正解だった。あの時は、そうだった。

今はどうなのか。確かに状況はあの時と似ている。

シャドウゲールはしばし目を瞑った。ゆっくり数えて三十秒の後、目を開く。静かに背後を振り向くとやはりそこには鎧がいた。シャドウゲールは2P用コントローラーを手に取り、鎧に対して差し出した。

「よろしければ協力プレイをしませんか？」

鎧はガチャリと膝を立て、ガチャリガチャリと立ち上がった。シャドウゲールに近寄り、屈み、コントローラーを受け取ると隣に座った。

――ゲーム、できるんだろうか……。

この心配がただの杞憂でしかなかったことは、開始早々、隠しワープからボーナスステージに行ったことによって証明された。

第五章　サヨナラマイフレンド

◇ブルーベル・キャンディ

ブルーベル・キャンディは、なんとなくで魔法少女を続けてきた。目標があるわけでもなく、目的があるわけでもなく、大志もなく、主義も主張も持たず、哲学もぼんやりとしていて、魔法少女という存在に対する憧れがとびきり強かったというわけでもない。

こういう魔法少女はけっこういるらしい。ブルーベルの指導役になった魔法少女は嘆くように「なあなあで続ける魔法少女が多い」と語り、そんな魔法少女になってはいけないよと締めた。

結局、そうなってしまった。

魔法少女になれるかどうかは「魔法の才能」というあやふやなもので決まる。あやふやなもので決まるのだから、あやふやな志《こころざし》の人間がぞろぞろと魔法少女になってしまうのは道理じゃないかと思う。

ただしそこから先は珍しかった。

殴り合いが得意というわけでもない、魔法もキャンディーを出すというだけ、事務仕事も人並にしかできない、他に特技があるというわけでもない、そんなブルーベルが研究部門に配属されて給料をもらっている魔法少女になったのだ。

一昔前、サラリーマン《サラリーマン》といえば平凡の象徴であり、憧れられるような職業ではなかった。現在、正社員になれたらいいなと夢想する派遣社員にとっては平凡でもなんでもないエリート的な存在だ。

魔法少女の中でも給料取りはエリートだった。替えのきかない魔法を持っていたり、上の偉い人にコネがあったり、そういうことがなければ給料はもらえない。

ブルーベルはなんとなく魔法少女をやっていて、なんとなく給料取りになった。どうして魔法少女になることができたのかを覚えていないのと同じく、どうして給料取りになることができたのかは覚えていない。

毎日研究部門のビルに通い、書類の整理やお使い、その他雑用等、魔法少女でなくともできそうな仕事をして、なんで私が給料取りになれたんだろうなあと不思議に思いながら半年が経過し、プリンセス・デリュージと知り合った。

プリンセス・デリュージの出自《しゅつじ》は聞いていた。

聞くまでもなく彼女の内面が傷つけられていたことには気付いていた。

こういう時に他人の役に立つのが魔法少女である、ということは、目的意識もなくぼんやり魔法少女になっただけのブルーベルも知っていた。

プリンセス・デリュージを励ましたい。

プリンセス・デリュージを元気づけたい。

プリンセス・デリュージを明るく笑える子にしてあげたい。

ブルーベルは付きっきりでプリンセス・デリュージの近くにいた。デリュージが悲しんでいればキャンディーを差し出し、デリュージが求めるものがあれば出してやり、デリュージが見たいものを見せてやり、デリュージが行きたい場所に連れていった。

本来、ブルーベルの権限では難しいものや不可能なものも多かったが、研究部門のビルに通っている平均的な職員ならば、カードキーの所在や上役がよく使う暗証番号も承知している。ブルーベルは求められるままにデリュージに与え、デリュージは入念に準備をしてから事を起こした。

デリュージは最初からブルーベルを利用するつもりだったのだろうか。

それともブルーベルが機会と手段を提示してしまったせいでデリュージはその気になってしまったんだろうか。

今のデリュージは悲しみに打ちひしがれていた頃とはまるで違う。トランプの兵隊を探し、狩り尽くしてやろうとしている。

デリュージは、怒りに身を焦がす復讐の権化《ごんげ》に見える。だが本当はとても不安定だ。ブルーベルはそのことを知っている。だからデリュージから離れることはできない。デリュージは、恐らく、もう後戻りはできない。ブルーベルも同じだ。もう後戻りはできない。デリュージにその自覚はないかもしれないし、余計なお世話ですと怒られるだろうが、ブルーベルはデリュージを守っているつもりで一緒にいる。ブルーベルがいなければ、デリュージはもっと滅茶苦茶をしてしまう。ブルーベルがいるからこそ、デリュージはこれくらいで済ませている。

デリュージの気持ちはわかる。誰かに騙され、仲間を殺され、せめて無念を晴らしたいというのは、同じ立場になればブルーベルもきっと考える。だけど、それでも、後戻りできる余地くらいは残してあげないと可哀想だ。

魔法少女は困っている人を助けるためにいるんだと誰かがいっていた。今、デリュージは困っている。だからブルーベルはついていく。

◇プリンセス・デリュージ

逃げるトランプの兵士を攻撃すると、その姿にテンペストが重なる。

立ち向かうトランプの兵士を攻撃すると、その姿にインフェルノが重なる。

仲間を守ろうとするトランプの兵士を攻撃すると、クェイクの姿が重なる。

物陰に隠れ、こちらに背を向けて震えるハートの兵士を見た時は、チェリーの姿が重なりかけて、すぐに消えた。チェリーは震えながら殺されたわけではない。逃げても良かったのに、戻ってきた。勇敢に戦って殺された。

デリュージは三叉槍で狙いを定め、攻撃が、できなかった。こちらに背を向け、隠れたつもりになって震えている背中を見ると狙いが乱れた。呼吸が荒くなり、視界が狭くなる。自分が今なにをしようとしているのか、なにをしているのかを忘れそうになる。

「デリュージちゃん、もうやめようよ」

後ろから声をかけられ、反射的に身体が動いた。

三叉槍で背中からハートの兵士の心臓を貫いた。ここまでに何人も殺しているはずなのに、感触が今までになく生々しい。

息を吐く。息を吸う。

血が噴き出す前に傷を凍らせ、凍りつく寸前に槍を引き抜いた。ハートの兵士は声も出さずに打ち倒れ、ボロボロに身体が崩れ、風に吹かれて消えた。

以前、研究所で戦ったトランプ兵士は倒しても死体が残った。全体を蘇生させる時になってからようやく死体が消え失せた。今回戦っているトランプ兵士は倒した時点で身体が消えてしまう。前に戦った相手とは違っている。だからといって許せるわけがない。

　プレミアム幸子《さちこ》を探すため街に出ているのに、シャッフリンを見つけると我を忘れて攻撃してしまう。シャッフリンを何体潰すよりも、プレミアム幸子一人を奪う方がオスク派に与えられるダメージは大きい。協力者もそういっていた。わかっている。わかっているのに、シャッフリンを見るとどうしても止められない。

　デリュージは振り返って声をかけた魔法少女を睨んだ。

「邪魔するならついてこないでいいっていいましたよね」

「ごめん、邪魔するわけじゃ……デリュージちゃん辛そうだったから」

「勝手に人の気持ちを推《お》し量《はか》って決めつけるのやめてもらえますか」

「ごめん……でも」

「もう一度いいますけど、邪魔するなら帰ってください」

　ブルーベルから視線を外し、前を向いた。

　ブルーベルを見ていると辛くなる。全然似ていないはずなのに、テンペストの顔が、クエイクの顔が、インフェルノの顔が、チェリーの顔が、ちらついては消えていく。本当にいなくなって欲しいのなら置いていけばいいのに、どうしても突き放すことができず、ついてくるに任せ、強い言葉を使って邪険にしながらもついてきてくれていることにほっとしている。

デモンウイングに掴まって空へ昇った。ブルーベルもデモンウイングに掴まってついてきている。それを確認し、デリュージは溜息を吐き、そんな自分に腹を立てた。

忘れるな、と自分を鼓舞する。

テンペストを守ろうとしたクェイクは首を刎ねられた。クェイクから守られたテンペストは泣き叫んで許しを乞うたが一切聞き入れてもらえず首を刎ねられた。インフェルノの最期の一撃は相手に届くことさえなく無念の中で事切れた。チェリーは臆病で戦うことが苦手だったはずなのに、勇気を振り絞って研究所に戻ってきて、息絶えるまで魔法を使い続けて仲間を支援し、死んでいった。

死んでいい人はいなかった。殺されていい人はいなかった。どこかの誰かに利用されるだけ利用されて使い捨てられていい人はいなかった。みんな一生懸命に頑張って魔法少女になろうとしていた。自分達が戦わなければ世界が滅んでしまうと騙されているのも知らずに戦っていた。

フィルルゥは敵に情けをかけたから殺された。ハートのトランプ兵士を思いやる優しさが無ければフィルルゥは死ななかった。

皆の仇を討つまで、皆の無念を晴らすまで、デリュージは死ねない。だからデリュージは死んでもいいその時まで優しさを捨てる。元々優しさなんてものがあったのかどうかもわからない。他人に合わせ、流れにのり、最終的に自分が良ければそれで良いというのが青木奈美《あおきなみ》という人間だった。友人が虐《いじ》められた時も助けようとはしなかった。助けようとすれば自分も不幸になることが目に見えていたからだ。

学校に来なくなってしまった友人の力ない笑みが頭に浮かび、振り払った。今考えるべきことではない。

もし最初から優しさなんて持ち合わせていないのなら好都合だ。優しさが無ければ敵につけこまれることもない。

ブルーベルを見る。心配そうな表情でこちらを見ている。

胸が痛い。苦しい。胸に手を当て、握る。息が荒くなる。

「デリュージちゃん、これ……」

差し出された薬を鷲掴みにし、相手を見ずに飲み下す。エネルギーが充填《じゅうてん》されていく。まだ戦えるが、薬を飲む頻度が上がっている。休息無しでどこまで戦えるかはデリュージにもわからない。

インカムからは連絡が無い。トランプ兵士を見つければすぐに教えろといってあるが、兵士が減ってきたせいか目撃情報が減っている。

だったら自前で探せばいい。元々プフレの部下に頼る気など無かった。デモンウイングを偵察兵として市内各所に送り、魔法少女を発見次第デリュージに報告させる。デモンウイングは知能が低く、魔法少女の中から幸子だけを探させることはできない。

だが、構うものか。

トランプ兵士を殺す。オスク派は一人残らず殺す。

デモンウイングを展開させ、上空から監視させる。トランプ兵士の姿が見えればそこへ行く。デリュージが殺す。

本当はブルーベルもいない方がいい。ブルーベルは、ここにいるべきではない。そう考えたからこそブルーベルに対して「帰って欲しい」と伝えた。なのにブルーベルはいなくならない。泣き、怯え、震え、それでもずっとついてくる。「私は帰らないから」「ずっと一緒にいるから」そういって離れようとはしない。そしてデリュージはそんなことをいわれると胸の奥の底の方でほっとしている。

頭の中に浮かび上がろうとするプリズムチェリーの姿を打ち消した。プリズムチェリーは一人しかいない。いや、いなかった。もう一人もいない。デリュージはプリズムチェリーがいなくなってしまった理由を知っている。それを思い出し、胸の奥の炎が火の粉をあげて燃え上がった。熾火《おきび》ではない。業火《ごうか》だ。

しばらくして市内の上空に散らしておいたデモンウイングから魔法少女を発見したという連絡が入った。怒りに燃えて駆けつけたデリュージは、デモンウイングに囲まれている魔法少女の姿を確認し、怒りが困惑に変化し、困惑は苛立ちになった。下に降りるか、それとも無視するかしばし逡巡し、結局は下に降りることを選択、魔法少女の前に降り立ち、彼女が微笑んでいたことを知って更に苛立ちが募《つの》った。

「なにしに来たんです?」

苛立ちを隠すことなくぶつけ、それでも微笑みは崩れなかった。

「どうやら我々は本気で協力しないといけない事態に陥ったらしい。ところでそちらの魔法少女はどなたかな?　紹介してもらえると有り難いね」

微笑みを絶やすことなく、車椅子の魔法少女「プフレ」はそういった。

◇物知りみっちゃん

悪魔は既に一体も残っていない。手裏剣とクナイの乱射によって羽を貫かれ、首を切り裂かれ、胴を割られ、次々に落ちていき、いつしか敵の攻撃は物知りみっちゃん一人に集中していた。だが、それでいい。一時の間だけでも露払いになってくれたことを心の中で感謝した。

左側頭部表面を手裏剣に切り裂かれた。骨までは達していないが、耳の穴の中に血が流れこもうとし、耳栓で堰《せ》き止められていた。これくらいなら問題は無い。足に怪我を負わなかったのは不幸中の幸いだった。

「小銃《しょうじゅう》を猟銃《りょうじゅう》に」

弾丸切れの自動小銃を猟銃に変化させ、散弾銃の「面に対する制圧力」で、飛来する手裏剣を纏めて落とす。

グラシアーネ、ダークキューティー、デリュージ、それに羽の生えた悪魔もまだ残っている。しかし、それだけでは足りていない。それだけの人材を揃えていても、このチームにみっちゃんは必要だ。自信も自意識も過剰ではない。

グラシアーネは索敵装置に徹し、そのせいか身を引いていて、極力、出しゃばらないようにしている節がある。ダークキューティーは他者には理解し難い衝動に駆られることがあり、外側からのコントロールが必要だ。今日会ったばかりのデリュージやブルーベルを全面的に信用しようとは思わない。そしてプフレは現地《ここ》にいない。

やはりどうあってもみっちゃんは必要だ。

——ここを死地にというわけにはいかないですね。

敵は走りながら、後ろも見ずに手裏剣を投げ続け、みっちゃんは手裏剣を撃ち落としながら全力で追いかける。悪魔を襲いかからせながら少しずつ距離を詰めていったが、その過程で怪我を負った。

山道を駆け下り、周囲が開けた。畑。農道。煙を棚引かせたドラム缶。軽トラックが路傍に停車し、人がいない。残弾が尽きるまで猟銃の引き金を引き、手裏剣とクナイを撃ち落とし、弾丸切れ、投げ捨て、同じ動作の中で白衣を脱ぎ、右手で振るいつつ、地面に滑りこんだ。勢いを殺さず前転、立ち上がり、白衣を振るい、手裏剣を叩き落とした。

ようやくここまで辿り着いた。彼我の距離は凡そ五十メートル。敵が足を止めてこちらに向こうという距離だ。代価は大きかったが、この距離にはそれだけの価値があった。

武器から予想していた通り、相手のモチーフは忍者。左目が大きな傷で塞がっている。左腕のアームカバーは風に揺られて中身が無いことを示していた。隻眼、隻腕。敵は右手のみで次々にクナイと手裏剣を放つ。片目では距離感も掴めなくなるだろうに、狙いは正確だ。

姿を見せる前と後で手裏剣の動きが違う。姿を見せずに投げる超長距離手裏剣は、ただただ降り注ぐだけだった。今、姿を見せて投げる手裏剣は恐ろしく変則的な動き方をしている。直線で進み、急激な軌道で変化し、死角から急所を狙う。あるいは、三枚続けて投げられた手裏剣が、全く別の角度から同タイミングで命中する。

敵は足を止め、自らの安全を捨ててでも強力な攻撃を選択した。ここで勝負をつけるつもりだ。

――望むところですよ。

白衣を振るい、ボロボロになった白衣を懐に入れ、掌に握った石を掲げた。

「石《いし》を板《いた》に」

道端に落ちていた石ころが一メートル四方厚さ二十センチの板に変化し、みっちゃん目がけて飛んできた手裏剣が突き刺さった。

「板《いた》を鉈《なた》に」

板が鉈に変化した。

みっちゃんは、自分の上半身を覆い隠すほど大きな鉈を振るって手裏剣を落とす。敵の攻撃は物理法則を無視した軌道でみっちゃんに襲いかかってくる。直角に曲がったり、放物線を描いていたはずが突如真っ直ぐ向かってきたり、まるで気まぐれな生き物のように動く。

「鉈《なた》を縄《なわ》に」

距離を詰めながら武器を変えた。相手との距離が近くなればなるほど手裏剣の威力は高く、投擲のペースは速くなる。今のみっちゃんが片手で振るうには鉈では重過ぎた。縄を鞭のように振るい、手裏剣を落とし、クナイを落とし、三本のクナイを寸前で躱《かわ》した。

「縄《なわ》を岩《いわ》に」

縄を巨大な岩に変えて背後に置き去り、軌道を変えて背後から迫ろうとしていたクナイへの盾にする。みっちゃんは右手で手榴弾のピンを抜いて後方に投げ、左手でネクタイをするりと外し、

「タイを凧《たこ》に」

背後で手榴弾が炸裂し、爆風がみっちゃんを煽った。ネクタイから変化させた巨大な魔

法の凧を爆風に乗せ、斜め四十度上空二十メートルへ急浮上、手裏剣とクナイの狙いを外す。

「カイトを怪火《かいか》に」

凧による浮力が失われ、落下が始まる。掌の中の火を学者帽の房につけて燃え上がらせた。これにより、手を使わずに道具を一つキープする。空いた右手をポケットに入れ、先ほど車を止めるのに使った鉄片の残りを取り出す。

「鉄片《てっぺん》を鉄壁《てっぺき》に」

落下中のみっちゃんの目の前に、分厚く頑丈な鉄の壁が現われた。壁はみっちゃんと同じスピードで落下しながら、手裏剣とクナイを弾く。みっちゃんは懐からボロボロの白衣を取り出した。

「ボロを棒《ぼう》に」

軌道を変化させ、壁越しに飛んできた何枚かの手裏剣をクォータースタッフで弾き飛ばした。壁越しの攻撃はしっかりと狙いがつけられたものではない。相手を視認していなければ正確に攻撃することができない、というみっちゃんの推測は九分九厘正解だろう。これくらいなら耐えられる。地面が近づいてきた。壁の上辺に足をかけ、次々飛来する手裏剣とクナイを全て弾く。

みっちゃんと壁が一体となって着地し、地面を揺らす。みっちゃんは前転で衝撃を殺し、勢いはそのままに前にいる敵へと突っかかる。

「棒《ぼう》を墨《ぼく》に」

墨汁を浴びせたが、忍者は軽快なステップで後方へ避け、舞うように手裏剣を投げた。

「墨《ぼく》を卓《たく》に」

みっちゃんはテーブルを振り回し手裏剣を叩き落とし、卓を担いだまま忍者に向かって駆けた。この期に及んでまだ距離をとろうというなら、こちらにもやりようはある。ここは既に遮蔽物《しゃへいぶつ》が多い山の中ではなく、隠れる場所のない田園地帯だ。

「卓《たく》を灰汁《あく》に」

右掌に灰汁を溜め、左手で服の一部を引き裂いた。

「布《ぬの》を斧《おの》に」

片手斧を振り回して手裏剣とクナイを叩き落とす。一発、斬撃の隙間を抜けたクナイは肘で受けた。傷を負ったが、重傷ではない。忍者は次弾となる手裏剣とクナイを右手に四枚溜めている。それらが放たれる寸前、みっちゃんが忍者へ灰汁を向けた。

「滷汁《ろじゅう》を機銃《きじゅう》に」

個人で携帯するには大き過ぎる重機関銃が生み出された。人間では固定無しに撃つこともままならない。だが、魔法少女であれば駆け回りながらでも使用できる。

忍者がこちらに向かって駆け出し、手裏剣を投擲、同時に刀を抜き放った。弾丸が発射、右ステップで回避され、左ステップで回避され、その内一発は刀で受け流された。ステップ二回で忍者は既に手の届く距離にいる。

とんでもない敏捷性、それに動体視力だ。魔法の重機関銃が発射する弾丸を刀で受け流すというサーカスのような真似をしてのけた。だが、代償無しで出来たわけではない。銃弾を流した忍者の刀は、衝撃を殺し切ることができず、高々と宙に弾かれた。

畑に着弾し、連続して土砂が爆《は》ぜ、畦道が吹き飛んだ。忍者は機銃の銃口を避けて斜めに踏み出したが、刀を弾かれてその動きは強引過ぎる。重心が定まっていない。みっちゃんは機銃から手を離した。もはや飛び道具の距離ではない。使うべきは長射程武器ではなく、速やかに息の根を止めることができるシンプルな武器がいい。機銃はあくまでも敵に距離を詰める動機を与えるための物。この忍者は重機関銃の掃射を受けても顔色一つ変えることのない強敵だ。その強さは一見で掴んでいる。

手斧の柄を口で咥えた。ほんの一部でも口が開いていれば言葉を出せるよう、腹話術すらもマスターしている。

「怪火《かいか》を財貨《ざいか》に」

学者帽の房を燃やしていた炎が金貨に変化した。

「財貨《ざいか》をザイルに」

金貨が登山用のロープに変化し、みっちゃんは手に取った。

手裏剣を叩き、クナイを払い、ザイルを前面で振り回して盾代わりにし、敵の足に絡めた。右脚の自由を奪われた敵は小刀を抜き放つが、半手遅い。手繰《たぐ》り寄せながら、自らも一気に駆け寄る。

敵がみっちゃんに小刀を振り下ろす。予想していたよりも斬撃が鋭い。

「縄《なわ》を鉈《なた》に」

ザイルによる束縛から解放され、敵のバランスが崩れた。斬撃の角度がずれ、みっちゃんはギリギリ回避する。返す刀が顎先を狙うが、それは鉈で受ける。

刃同士がぶつかり合い、軋み、小さな鉄片が欠けて飛ぶ。斬撃の鋭さといい、鍔《つば》迫《ぜ》り合いでも負けない腕力といい、飛び道具主体で遠間から攻撃するだけの魔法少女ではない。近距離戦闘においても相当に強い魔法少女だ。だが、それでもみっちゃんが勝つ。

鍔迫り合いの最中、敵が押しこむ刀の峰にそっと指先で触れた。

「刀《かたな》を鉋《かんな》に」

力を込めていた刀が、持ち主の意に反して大工道具に変化する。このような事態を想定して戦っている魔法少女は存在しない。鉈と刀で吊り合っていた力の均衡が崩れ、忍者の魔法少女が前のめりに倒れたところへ膝で一撃入れ、鉈の柄を背骨に打ちこんで地面に叩きつけた。鉋が忍者の手から離れて宙を飛ぶ。みっちゃんは、立ち上がろうとしている相手に向けて鉈を振り上げたが、右手に衝撃を覚え、悲鳴を噛み殺した。

みっちゃんの右手の甲がひしゃげ、白い骨が見えている。なにをされたのかはすぐにわかった。血の糸を引いて下駄が飛んでいた。忍者はうつ伏せに倒れながら蠍《さそり》の尾のように足を反らせて下駄を飛ばし、みっちゃんの手の甲にぶつけた。

咥えていた斧の柄を、ぐっと噛み締める。

「鉈《なた》を蓋《ふた》に！」

右手は使えないと判断した。左手のみで振るうには、この鉈は少々重く作り過ぎた。鍋の蓋でもう片方の下駄を叩き落とし、起き上がろうとしている忍者に組みついた。

敵はクナイを抜き放ったが、みっちゃんの方が速い。風に靡《なび》く赤い襟巻をぐっと掴んで引き寄せた。白い喉が手斧の届く距離にある。

忍者が口をすぼめ、みっちゃんは額を突き出す。額に小さな痛みを感じた。顔を近づけたタイミングを狙って口から含み針を放ったのだ。忍者だからといって本当になんでもやってくる。だが、流石にこれ以上があるとも思えない。

針の刺さった額を忍者の顎に当て、のしかかる。尻をのせて敵の下半身を固定する。右手は握力を失っていたが、腕を使えないわけではない。肘を使って赤い襟巻を締め上げ、左手は忍者の右腕を掴み、押さえこむ。顎にぐっと力を入れた。手斧の柄は唾液で湿っている。

鋭く砥がれた斧の刃を忍者の喉に近づけた。

激しく血がしぶく。学者帽が、忍者装束が、赤暗い液体に汚される。

みっちゃんは目を見開いて信じられない光景を見ていた。胸から刀の切っ先が飛び出している。口から斧が離れた。血の混ざった涎が糸を引く。忍者にはねのけられ、力なく地面に転がった。力が入らない。切っ先に手を当てたが、血で滑って掴むことができない。

――この刀……。

小刀ではない。あれは鉋に変えた。それよりもっと長い。その前に使っていた刀だ。機銃の弾丸に弾かれて高々と宙を舞った刀があった。高く高く上がって、そこから先は見ていない。

あれは弾かれたのではなかった。弾かれたように見せかけ、上空に投げたのだ。重心を崩して隙を作ってまで「弾かれたふり」に徹し、みっちゃんを欺こうとした。

――くそう……。

騙されたことより、重機関銃の弾丸が普通に受け流されてしまったことが悔しかった。混濁する視界の中で忍者が立ち上がるのが見えた。みっちゃんは立ち上がることができない。クナイを振り上げる動作が妙に緩慢に見えた。

◇ファル

路地から路地へ、目立たない道を選んで三人は走る。先頭をスノーホワイト、続いて幸《さち》子《こ》、殿《しんがり》をうるるという順番で足を止めずにひた走る。

「魔法少女反応！　後ろからぽん！」

うるるが銃を抜いて振り返り、スノーホワイトはその脇を抜けて敵に武器《ルーラ》を叩きつけた。悪魔が四角い翼を盾にしてスノーホワイトの一撃を受け止め、押し返そうとしたところで力をいなされ、バランスを崩し、すかさずうるるが銃尻で殴りつける。顔面を叩き潰された黒い影は力なく地面に落ちた。

「そいつじゃないぽん！」

レーダーでしか捉えられていなかった魔法少女反応は一秒経たず目の前に現れた。遊園地でスノーホワイトと戦っていた黒い魔法少女が路地を駆けてくる。

幸子は悲鳴をあげて逆方向に走ろうとし、そちらから伸びてきた影の猟犬を見てまた悲鳴をあげた。

ダークキューティーだ。手から伸びた影が壁の上を走り、本体と合わせて挟み撃ちにしている。幸子に向かって牙を噛み合わせ、犬のように吠えた。ファルはなぜ居場所がバレてしまったのかを理解した。あれは猟犬だ。匂いを嗅ぎ、後を辿り、遊園地から橋の下の潜伏場所まで追いかけてきた。

猟犬が幸子に噛みつこうとし、幸子は必死でそれを避けたが、足を縺れさせコンクリートの上に転がった。猟犬はかさにかかって食らいつき、うるるが横合いから銃で殴りつけ、しかし銃が牙に押さえられてしまう。ダークキューティーが影の中を音も無く移動してうるるの背後に回り、手刀を振り上げ、そこへスノーホワイトが武器《ルーラ》を振るった。ダークキューティーは壁に張りついて回避したが、猟犬は斬撃を避けきれず「ぎゃん」と一声吠えて切り裂かれ、溶けて消えた。

幸子を抱きかかえ、うるるが叫ぶ。

「降参しなさい！　じゃないと死ぬから！」

敵は全く聞こえないかのように足を止めない。武器《ルーラ》の間合いに入ることなく鞭や槍といった影の武器を生み出し、攻撃の手を休めない。スノーホワイトはその攻撃の全てを、自分だけでなくうるるや幸子へ向かった物も含めて叩き落とした。

「うるる一人であんた達全員殺してやることができるんだからね！」

ダークキューティーはなにもなかったかのように動いている。

「後ろを見なさい！　伏兵があんた達を狙ってるよ！」

完全に無視している。

スノーホワイトは壁に沿って伸びてきた刃を弾いた。路地の向こう側に夕陽が見える。敵は影を利用して武器や獣を生み出す魔法を使う。夕陽を背負われている、という状況は全く笑えなかった。

うるるは逡巡しながらも幸子の手を引き、逃げ出した。足音が遠ざかっていく。スノーホワイトはビルの壁を蹴り、逆側の窓の縁に足をかけ、下から伸びてきた影の刃を蹴り飛ばし、ビルの上を目指した。

ダークキューティーはうるるを追わずにスノーホワイトを追ってきた。影のロープが壁に沿って投擲され、影のフックがしっかりと屋上の柵を掴んだ。敵は、スノーホワイトの半分ほどの時間しか必要とせず屋上に上がってきた。

◇プリンセス・デリュージ

新型というだけのことはあり、デモンウイングは従来のディスラプターに比べて能力が大幅に上昇している。獲得した飛行能力は、魔法少女と比べても引けを取らないほどの速度、安定性を持ち、高速でのアクロバティック飛行を可能としていた。

デリュージはデモンウイングを手に入れる前にも空を飛んだことがあった。プリンセス・テンペストに誘われて両脇を抱かれ空の散歩をしてみた。まるで安定しなくていつ落とされるかと怖いばかりだったが、良い思い出にはなった。インフェルノに話すと「デリュージは冷静なようでいて命知らずなところがある」と本気で心配されたものだ。

そういったことを思い出して感傷に浸るだけの余裕は無かった。

デリュージはデモンウイングに掴まり、雲を切り裂き猛烈な速度で飛んでいた。特性として雪や氷に強いということもあり、高高度での飛行は問題としない。

ナンバーを押し、反応が無いことを再確認して魔法の端末を懐に入れた。


「協力者」はプフレのことを陰謀家で嘘吐きだといっていた。

協力者のいうことを一から十まで信じたわけではない。自分を利用しようとしているだけの存在だと思っているし、デリュージがそう思っていることは協力者もわかっているだろう。お互いが相手の事を良く思わず、今は役に立つから付き合っているというだけに過ぎない。ある日突然ベッドの上にメッセージを置き、それからも定期的にベッドにコピー用紙を置いておくという形でのみ情報を教えてくるような相手をどこまで信用すべきか。デリュージでなければ信用しなかったと思う。協力者がもたらした情報、シャッフリンとグリムハートの上の存在、三賢人の揉め事、儀式、仲間達の最期、そういったものの裏を取ってようやくある程度は信じることができるようになった。

そこまでいって「ある程度」でしかなかったともいえる。だからこそ全面的に信じるわけではない。しかしプフレについては正しく評しているのではないかと思った。実際に会ってみるとよくわかる。かつての青木奈美をもっと大きく、もっと強く、もっとタフに、もっと胡散臭《うさんくさ》くしたような個性を持っていた。

予告なくＷ市にやってきてデリュージの前に出てきた、という行動がもう胡散臭い。

「大変なことになってね。プレミアム幸子を探している場合ではないようだ」

「あなたはご自分の立場を理解していますか？」

「君と協力しているからこそ君に助言を与えるべくここにやってきたのだよ。騙りや騙しのため出向くようなことをしてどうなる。そんなもの、わざわざ外に出ずともやれることだろう」

「私には私の目的がある。プレミアム幸子を奪うことがオスク派にとってマイナスになるというのなら、私はそれを目指すのみです」

「依怙地《いこじ》になっても良いことはないよ。それより頼みたいことがあるんだ。シャドウゲールが無事かどうかを確認してくれないか」

ブラフか、はったりか、そんなことで押し通そうというのか。デリュージはプフレを睨みつけたが、プフレは涼しい受け流した。

「私にとっても人質は大切な存在だ。君にとっても人質は大切な存在だろう。お互いの大切なものが一致しているからには確かめてみてもいいじゃあないか」

しばし睨みつけたが、プフレは「連絡を取ってくれ」「君を騙そうというのではない」というばかりで帰ろうともしなければ動こうともしない。

「私の思い過ごしや考え違いであればそれでいいんだ。馬鹿なやつだと笑ってくれればいい。私の思い違いでも考え違いでもない場合が大変に問題だ。なあデリュージ、君にとってはさしたる労力でもないだろう？　リスクもない。メリットはあるよ。私に纏わりつかれずに済む。大したメリットだろう？　やってみようという気にならないか？」

置いていく、という選択肢が頭をよぎる。そうした場合、今度はダークキューティーやグラシアーネを通して会おうとするのでは、と思う。プフレはそういうタイプだ。

本当にデメリットが無いかを考え、無い、という結論を出した。

この鬱陶しい魔法少女がいなくなってくれるのは確かにメリットだ。のせられている気もしたが、これ以上苛々したくはない。

「デリュージちゃん、大丈夫？」

「いいから」

「こんばんは、私はデリュージの友達だよ」

「あ、はい。私もデリュージちゃんの友達で」

二人がおかしな自己紹介をしている間に魔法の端末を取り出した。シャドウゲールを監禁しているアジトのナンバーを打ち、しばらく待つ。

——……出ない？

アジトに誰もいないわけがない。三人による交代制でシャドウゲールを見張っておけるようにしてある。デモンウイングだけなら電話にでることはできないかもしれないが、魔法少女は最低二人以上詰めるようにしていた。

もう一度かけ直す。出ない。

もう一度。出ない。

「わかっていただけたかな？」

したり顔のプフレを睨みつけ、だが目に力が入らない。

「ブルーベル、キャンディーを」

「はい」

キャンディーを舐めた。気分が軽くなる。

「君の魔法かい？　キャンディーを作るのかな」

「ええ、私の作ったキャンディーは」

「行ってくる」

「え？　どこに？　私も」

「ついてこなくていい。それよりも、その魔法少女を見張っていてください」

「え、見張るって」

「なにか話しても聞かないように。答える必要もありません」

「随分な扱いだなあ」

「なにも無ければすぐに戻る。なにかあったら魔法の端末に連絡をお願いします」

あれだけついてくるなといっていた手前、ブルーベルを積極的に使うつもりはなかった。デリュージに関わらせればブルーベルまで戻る場所がなくなる。だったら後からいくらでも言い訳がきく程度の関わらせ方でいいと考えていた。

しかしそんな余裕はない。時間もない。

アジトは誰にも知られていない。アーマー・アーリィを筆頭に、三名の魔法少女と無数のデモンウイングが詰めている。仮にそれらを突破されるだけの軍勢に襲われたとしても、デリュージに連絡を入れるだけの時間もない、とは考えられない。

アクシデントが起こった。なにが起こったのかは確かめなければわからない。

デリュージはデモンウイングに両脇を抱かれて飛び立った。


デモンウイングは徐々に降下しつつある。雲を抜け、下界にはビルの明かりが見えた。

なにが起きたのか。プフレは知っていたのか。聞いたところではぐらかされるだけという気がしたので聞いてはいない。デリュージはケースから薬を一粒取り出し、口に入れた。

◇グラシアーネ

物知りみっちゃんが殺された。起こるかもしれない事態として考慮に入れていたはずだったのに、いざ起こってみると、起きるはずのないことが起きてしまったように感じ、全然、全く、これっぽっちも落ち着かず、心が浮ついていた。

気が付けば溜息を吐いているし、索敵を続けていても集中力が落ちていることを感じる。これでは役目を果たすこともできない。とても良くない。

みっちゃんを殺した忍者は煙のように消えてしまった。みっちゃんの苦戦を見てデリュージに援護を頼んだが、デリュージがその場所についた頃にはもう勝負がついていた。

グラシアーネはふと顔を上げた。

インカムを口元に寄せ、みっちゃんが殺られたことをダークキューティーに伝えようとしたが、少し考えてからインカムから手を離した。今、ダークキューティーはスノーホワイトと交戦中だ。逃げていくプレミアム幸子を放置し、スノーホワイトに向かったあたり、もう冷静な判断力を失っているように見える。ダークキューティーはたまにああいうふうになってしまう。これまで、そうなった時は物知りみっちゃんがリーダー代理として働いてくれるのだが、今はもういない。グラシアーネにリーダーの代わりは務まらない。

――じゃあどうすんのさ。

索敵装置に徹していればそれでいい、というわけではなくなってしまった。だが索敵に特化したグラシアーネが、それ以外の役割を担えるわけではない。スペシャリストではあってもジェネラリストではない。

ダークキューティーは鼻先に人参をぶら下げられた馬のようになってしまっている。ただでさえ入れこんでいるところへ「みっちゃんが殺されました」なんて報告をしてなんになるというのか。少なくともプラスに働くとは思えない。

今はダークキューティーの支援を行う。幸子とうるるは他に任せた方がいい。決めた。プリンセス・デリュージに連絡し、みっちゃんが忍者の魔法少女に殺されたことと幸子とうるるが逃げていったことを伝え、屋敷の周囲で張らせている悪魔達の警戒レベルを引き上げてもらう。これが良さそうだ。

グラシアーネはインカムを切り替え、デリュージにつないだ。

「デリュージさん、こちらグラシアーネ。プレミアム幸子とうるるを取り逃がしました。屋敷の周辺で詰めてる悪魔の警戒レベルを上げてください。ダークキューティーは現在スノーホワイトと交戦中。場所は久那町《くなちょう》四丁目の神林ビル屋上。こちらにも支援をお願いします。もう一つ、物知りみっちゃんが忍者の魔法少女に殺されました。遊園地で手裏剣やらクナイやら投げてきたのと同じ相手だと思われます」

「ほう……物知りみっちゃんが」

グラシアーネはぎょっとしてインカムを外し、顔から離してそれを見た。インカムはインカムのまま変わっていない。もう一度インカムを装着し、呼びかけた。

「……もしもし？」

「どうしたんだグラシアーネ。さっきより声が遠いじゃあないか」

やはり聞き間違いではなかった。

「……ボス？　なんで？」

「私も今デリュージと合流したばかりだよ。デリュージからW市内の状況を教えてもらったところだ。懇切丁寧に教えてもらったお蔭でだいたいのことが把握できた。やはり現地にいなければわからないことはあるものだね」

「はあ……」

「というわけでね、少々事情が変わった。プレミアム幸子を攫う必要はない」

「はい？」

「撤退だ。合流場所は既定の通り。ダークキューティーにもそう伝えてくれないか。こちらはこちらで忙しい」

「え、いや、はい？」

「いいね？」

「あ、はい」

疑問符が浮かぶというより疑問符しか浮かばない。だがボスのいうことではある。

これでどうにかなるだろうか。これでもどうにもならないというのなら、もう本当にどうにもならないのだろう。天国で見守っていてねとみっちゃんに祈り、いるとしたら地獄かなと考え、あの世で見守っていてね、と修正する。

みっちゃんだってけっこう悪い事をして生きてきた。だったらそっちの方が正解に近い。自分も案外フレキシブルに考えることができるじゃない、と自己評価を上方修正させ、インカムでダークキューティーに連絡を入れた。

◇ダークキューティー

任務を思えば幸子を追うべきだった。だがダークキューティーは幸子を逃がし、ビルの屋上へと足を運んだ。誘われた、という感覚があった。

この白い魔法少女はスノーホワイトという名を持つ。清さと美しさを感じさせる、主人公に相応しい名前だ。そそられる。

魔法少女狩りという異名も持つ。こちらは主人公と呼ぶには少々おどろおどろしく、どちらかといえば悪役の異名のようであったが、悪い魔法少女を捕えることを称して魔法少女狩りと呼んでいるため、行為としては間違いなく主人公サイドに属している。

監査部門に所属し、トップエースと呼ぶ者も少なくはない。

清浄さを示すような白一色のコスチュームに散らした花飾りは美しく、モチーフは学生服で、腕章等から委員長、風紀委員といったポジションを思わせる。悪を取り締まるという彼女の生き方にぴったり合っているように思えた。

こちらを向いて構えるスノーホワイトを視界に捉え、ダークキューティーは姿勢を低くし、右腕と左腕を絡み合わせた。

スノーホワイトの表情から感情を窺い知ることはできない。怒りも、喜びも、悲しみも感じない。凪のように静かで、顔の上には目鼻立ちがあるだけだ。上段に構えていた薙刀状の武器をゆっくりと下ろしていく。

これはいただけない。主人公に相応しいのは、悪に対する怒りか、魔法少女同士で戦わなければならない悲しみか、ギリギリで許されるのが戦いを純粋に楽しんでいる喜びくらいで、無表情というのはよろしくない。主人公は誰よりも感情豊かで、それを隠すことなく表情にも出すべきだ。押しつけかもしれないが、ダークキューティーはそう考えている。悪役が悪役らしく振る舞い、悪役らしく戦うためには、主人公にもまた主人公らしい振る舞いというものが要求される。

右手の猟犬を一旦抑え、左手で狐を作った。

右側面から猟犬を向かわせ、左側面から狐を向かわせる。心が読まれても大丈夫なように、細かい指示は出さず、オートで攻撃させる。

スノーホワイトは、猟犬の攻撃を薙刀の柄で受け、狐を蹴りつけたが、狐は敏捷に身を捻って反撃を回避した。ダークキューティーは高々と足を上げ、足で作った影を変化、鞭にしてしならせ、スノーホワイトを打った。スノーホワイトに鞭が到達するより前にスノーホワイトは一歩後ろへ下がり、鞭は足元を打つに留まった。

影の鞭はあくまでも邪魔をする程度の役割に過ぎない。スノーホワイトはダークキューティーの心を読む。薙刀の間合いの外から攻撃したところで当たるとは思わない方がいい。

スノーホワイトは鞭を回避したことで僅かな隙を作った。猟犬が薙刀の柄に噛みつき、全体重をかけて引っ張る。狐が逆サイドから走り寄り、アキレス腱目がけて噛みつき、ぎん、と牙を合わせた。

金属音がした。狐の歯が食い込んだのは、スノーホワイトのアキレス腱ではない。

——消火器？

両手で持っていた薙刀から右手を外し、腰の袋から消火器を取り出して、それを狐の口の中へ叩きこんだ。勢いをつけ、さらに数度消火器を狐の頭部諸共に屋上へ叩きつけ、コンクリートが飛び散った。

ダークキューティーはスノーホワイトの攻撃に合わせて鞭を打つが、今度はバク宙で回避された。スノーホワイトは自分の体と同時に薙刀を捻り、柄に齧《かじ》りついていた狼を床から引き剥がそうとする。影のオオカミは耐えきれず柄から牙を外したが、次の瞬間薙刀に両断され、溶けて消えた。

獣二体を片付けたスノーホワイトは、軽やかに着地し、消火器を拾い上げた。

続いて放たれた影の槍は薙刀で斬り払い、影の鞭は柄で弾き飛ばす。良い反応だ。ではこれならどうか。

右手に蛇、左手に狼、右足で鞭、左足を鎌。爪先で立ち、バレリーナのように回転し、鞭を浴びせ、左右から牙の鋭い狼、掠っただけでも毒で昏倒する蛇を向かわせた。スノーホワイトは蛇に消火器を噛ませ、狼の牙は鉄柵の上に跳んで避け、そこからさらに跳んで鞭を回避、追撃で放たれた鎌を薙刀の柄で受けた。

まだ動きに余裕がある。もう少し足してみることにした。

首を曲げて肩に当て、猫の影を作った。蛇、間に猫を挟み、狼、槍、鞭と息を吐く暇さえ与えず攻撃した。コンクリの破片が飛び、鉄柵が折れ曲がり、それでもスノーホワイトは傷一つなく立っていた。

ダークキューティーは笑った。インカムから声が聞こえているようだったが、声が聞こえていると思うのみでなにをいっているかは認識していなかった。

左手の狼をハサミに変え、髪を纏めていた髪飾りを切った。獣の耳のような形で纏められていた髪がばさりと顔にかかった。一見すると髪が短いようにも見えるダークキューティーだが、この部分を自由にしてやると本来の長さを取り戻す。魔法少女特有の量と密度がある髪によって影を生み出すことができる。髪を振り乱し、影絵で捕獲網を作った。

連続攻撃に一手追加し、蛇、狼、猫、鞭、槍、ネットを用いてスノーホワイトを攻撃した。形振《なりふ》り構わず迫りくる影絵に対し、スノーホワイトは跳び、転がり、払い、受け、避け、屋上を縦横無尽に駆け回り、避け切れずに身体で受けることもあったが、致命傷になるような攻撃は丁寧に避けた。精々が痣《あざ》を作るか切り傷からたらりと血を流す程度だ。

避け続けている。最初から反撃をするつもりがない。回避のみに専念し、嵐のような連続攻撃に対応していた。半歩どころか爪先半分間違えただけで生命を落とす綱渡りだ。胃が痛いどころでは済まないだろうに、表情は涼やかだった。

素晴らしい。ダークキューティーはいよいよ愉快になった。スノーホワイトは時間稼ぎをするつもりだ。幸子達を逃がすために捨石になろうとしている。捨石といってもここで死ぬ気はないだろう。自分も生き、最終的に逃げ延びる、そんな捨石だ。

ダークキューティーは右の腕に力を込め、足元に叩きつけた。大きなコンクリ塊を引き抜いて頭の高さにまで持ち上げた。スノーホワイトは薙刀を構えたままこちらを見ている。ダークキューティーはさらに左手で金網を掴み、むしり取った。右手にコンクリ塊を、左手に金網を掲げ、随分赤くなった夕陽の光に翳した。

影絵とは自分の身体だけでしかできないというものではない。道具を使えばより影は大きく、濃く、強くなる。スノーホワイトは屋上を飛び回って攻撃を避けたが、影絵が大きくなれば飛び回るだけの場所が減る。

ダークキューティーの意図を察したのか、スノーホワイトが柵の上に跳び乗った。

右手に薙刀を、左手に消火器のノズルを握った。ダークキューティーは影のロープを柵にかけ全力で引っ張ることで高速で横移動し、直撃は防いだ。しかし屋上いっぱいに消火剤の白い粉が広がり、視界が塞がれてしまう。

ダークキューティーは後ろに跳んで鉄柵の上に乗った。消火器を使われたせいで影が作れない。作れたとしても薄い影になり、それだけ力が弱くなる。

当然、ダークキューティーも対策を考えていなかったわけではない。相手が消火器を持って動き回っていたのだから、その間消火器対策を考えておくのは悪役としてのマナーだ。

ダークキューティーはインカムに話しかけた。

「アーネ、スノーホワイトの位置を」

「だーかーらー！　さっきからいってるっしょ！　撤退！　撤退すんの！」

「……なに？」

「リーダー本当全ッ然、話聞いてないっしょ！　さっきから声が涸れるまで叫んでるんですけどね！　ボスから連絡あって撤退決まったから！」

「馬鹿な」

「馬鹿なじゃねーよ！　あんたが馬鹿だよ！　みっさん死んじゃったんだぞ！」

「……そうか。では安全に撤退できるようスノーホワイトを排除する」

「あんたな……」

「アーネ、スノーホワイトの位置を」

「消火剤振り撒きながら通りを走ってそのまま消えた」

「消えた？」

風に吹かれ徐々に消火剤が晴れていく。スノーホワイトがいない。ダークキューティーは屋上の縁に近づいて見下ろした。白い粉は路地裏を抜けて大通りの方へと向かっていた。

「たぶんだけど、白い粉に紛れて人間に戻り、群衆に紛れた。今、通りは学校帰りの学生と仕事帰りのサラリーマンでいっぱいだよ。どこの馬鹿がこんな所で消火器使ったってみんな怒ってる」

ダークキューティーはスノーホワイトのことを考えていた。

戦場で変身を解除しする者は素人、というセオリーに唾を吐くような振る舞いをして、見事にグラシアーネの眼鏡から逃れてみせた。

戦い方は主人公と呼ぶに相応しくない。だが利用できるものはなんでも使い、とにかく生き延びてやろうという生命欲は嫌いではなかった。キューティーヒーラーギャラクシー第二十話でキューティーアルタイルがこんなことをいっていた。

ここで死ねばなにもかも終わる。生き残れば次がある。

スペースカオスの魔法に手も足も出なかったキューティーアルタイルが再戦を誓う名シーンへと続く。主人公は生き残らなければならない。どれだけ主人公らしくあったとしても、ストーリーの途中で死ねば、それは脇役に過ぎなかったということだ。

「どうすればスノーホワイトを追いかけることができる？」

「どうすればって……そうだなあ、この辺の一般人かたっぱしから攻撃すればスノーホワイトに当たるかもしれないけど」

「それは悪役のすべきことではない。ただの悪がすることだ」

「みっさんはマジで偉いよ。よくこんな人にちゃんとリーダーやらせてたと思うよ」

ダークキューティーは振り返り、目を眇めた。夕陽が山頂に消えようとしている。

――この時間帯を待っていたのか？　スノーホワイト……。

誘われているのかもしれない、と思った。ダークキューティーはスノーホワイトを探すべく、ビルの上から飛び降りた。

音もなく着地すると神経に触る音を立てながら一匹の蚊が目の前を通り過ぎた。叩き潰そうと手を挙げ、思い直し、手を下げた。こんなに季節にまで生き残ってしまった蚊に自分を重ね、なんとなく叩き潰すことができなくなった。

悪役は正義の味方がいてこその悪役だ。正義の味方に倒してもらえず生き残ってしまった悪役は、どうすればいいのか。

季節外れの蚊はそのうち死ぬ。悪役は蚊よりも寿命が長い。正義の味方がいない世界で延々と生き恥を晒すのか、それともいつかは正義の味方が来てくれるのか。

ダークキューティーは両手を合わせて街灯に向かって掲げ、影の蝙蝠《こうもり》を生み出した。影の蝙蝠は壁面をひらひらと飛び、先程通り過ぎていった蚊をぱくりと咥え、咀嚼し、嚥下《えんげ》した。

蚊はあっさりと死ぬ。悪役はもっとしぶとい。

物知りみっちゃんが死んだ。ダークキューティーとつるんでいたので、彼女もまず悪役と考えていい。なによりしぶとかった。しぶといのは悪役か主人公だ。物知りみっちゃんが主人公というのは有り得ない。服装は全体的に白く、その点だけは主人公足り得たかもしれないが、他の面全てがみっちゃん主人公説を否定している。

ダークキューティーは両手を離した。蝙蝠の身体が二つに引き裂かれ、粉々に砕けて闇に飲まれた。

魔法の端末を起動、魔法少女名鑑に接続する。非公式とはいえ、人事部門に所属している身だ。普通の魔法少女では触ることのできない資料を閲覧するくらいの権限は持っている。

悪名高い森の音楽家クラムベリー最後の試験での生き残り。

現在は賞金首として追われているピティ・フレデリカに師事。

魔王塾出身者である炎の湖フレイム・フレイミィを単独で逮捕。

「魔法の国」でさえ手をこまねいた魔法少女、キークを打倒し、彼女のゲームに囚われていた魔法少女達を解放する。

「魔法の国」の最高権力者である三賢人の一人シェヌ・オスク・バル・メルの現身であり、あらゆる魔法少女を超越した存在とさえいわれたグリムハートの逮捕に貢献。

所有している武器の名はルーラ。かつて唯一スノーホワイトに土をつけた魔法少女の名から名付けられたという。

ダークキューティーは自然と微笑んでいた。

みっちゃんやグラシアーネが見たら「そんな顔で笑うことができるんですか」と驚き、呆れ、不気味がって距離を取ろうとするだろう。

微笑みは確信からきていた。スノーホワイトは間違いなく主人公だ。ダークキューティーを倒すために生まれた。運命的な戦いのために、二人は偶然この街で出会うことになったのだ。

今回は出会い編だったのだろう。決着は次か、その次か。ダークキューティーはインカムに話しかけた。

「撤退命令了承」

「ああ、はい。リーダー置いていく覚悟してたよ、今。マジで」

◇プレミアム幸子

幸子は自分の魔法を一度も使ったことがない、というわけではない。過去に使ったことを無かったことにしたいと思っている。せめて忘れることができるならとも思っているけれど、忘れることも罪なんじゃないかと思うと、確かにそうかもしれないと思えるし、そうなれば忘れたいと思っていることさえ罪深いことのように思えてくる。

夜にうなされたり、眠ることができなかったり、悲鳴をあげて跳び起きたり、そのせいでうるるから怒られたりするが、どれだけ幸子が苦しんでも、幸子のやったことが無かったことになるわけじゃない。悪い事をして、深く反省をしたから許してもらえる、というのは悪い事の種類による。

幸子のしたことは許してもらえることではなかった。

好奇心からだった。

うるる、ソラミと魔法少女になったのはほぼ同じだった。皆まだ小さく、自分の魔法を使って遊んでいた。うるるはとんでもない嘘を吐いて皆を驚かせて怒られたりしていたし、ソラミは箱を開けずに中身を当てたりして幸子はとても驚かされた。

幸子の魔法は使うことが許可されなかった。うるるやソラミの魔法に比べて効果がわかりにくかった、という理由がある。一生分の幸運を使う、というのはどの程度のものなのか。幸子がまだ幼かったことを抜きにしても、どういうことになるのかというのがいまいち想像できなかった。

ただ、思っていたのは、うるるやソラミが魔法を使って楽しそうに遊んでいるのに、自分だけ指をくわえて見ていなければならないのはつまらないな、ということだ。幸子が出した「契約書」は読めない漢字ばかりでなにが書いてあるのかもわからなかったけれど、そこに全部○を打てば「契約成立」になって魔法の力が働く、ということは聞かされていた。

当時にプク・プック屋敷には、幸子やソラミ、うるるだけでなく、同年代の女の子が何人もいた。皆、魔法少女だった。魔法を自慢するように使ってプク・プックに褒められ、間違った使い方をして窘《たしな》められ、日々を過ごしていた。

幸子は今も昔も人見知りをする。誰かと仲良くなるために必要な時間は、他の人と比べるとたくさん必要になる。だからその子達と友達になるのも時間がかかった。まずはソラミが仲良くなって、そこからうるるも仲良くなって、うるるやソラミと一緒に遊ぶ時他の子達がいるようになって、何度か遊ぶうちに幸子とも仲良くなって、というパターンでしか友達を作ることができない。

そんな感じで作った友達の中で特に優しい子が二人いた。

二人は幸子に同情してくれた。

「幸子ちゃんだけ魔法を使っちゃいけないんだよね」

「かわいそうだよね」

「こっそり使っちゃダメなのかな？」

「でも使ったら怒られるよ、たぶん……」

「バレなければいいんじゃない？」

「そうだよ、バレなければいいんだよ。使ったことを大人にいわなければさ、誰かにバレちゃうことなんてないもん」

「でも……」

「大丈夫だよ、一回くらい使ってみようよ」

「魔法、とっても楽しいよ。幸子ちゃんだけ使えないなんてかわいそうだよ」

「そうだよ。もしバレて怒られてもさ、一緒にプク様に謝ってあげるよ」

友達二人はそういって幸子を励ましてくれた。今にもまして臆病だった幸子も、二人からの熱心な応援に心を動かされ、バレなければいい、バレても一緒に謝ってくれるならいい、と考えるようになって、魔法を使ってみた。

子供だから考えが足りなかった、といって庇ってくれる大人もいた。でもほとんどの人からは白い眼で見られるようになった。うるるやソラミ、他の子供達もなにがあったかは薄々気付いていたんじゃないかと思う。触れなかったのは優しいからか、それとも怖かったからだろうか。

人が持っている幸運を全て使い尽くした時、とんでもない最期が訪れる。友達の一人は、駄菓子屋で大当たりを当てて喜んでいた帰り道、なんの前触れもなく天から降ってきた隕石が頭部を直撃した。

二人目は、本を探しに図書館へ行った時に事故にあった。いつまで待っても貸し出し中だった本があったことを喜び、その本を読んでいたら居眠り運転のトラックが塀と壁を突き破って突入してきた。

どちらもギャグ漫画かスラップスティックコメディーのような最期だった。なにも知らない人が聞けば笑うかもしれない。新聞の「面白い事件コーナー」に掲載されてちょっとした反響くらいはあるかもしれない。

当事者にとっては全然笑えなかった。

幸子の魔法で友達が死んだ。死ぬとわかってやったわけじゃない、なんて言い訳にもならない。プク・プックがどれだけ慰めてくれても、幸子のせいじゃないといってくれても、殺したのは幸子だ。

幸子は絶対に自分の魔法を使うまいと心に決めた。幸子が魔法を使う時、人が死ぬ。幸運を招く四葉のクローバーの魔法少女は、不幸を招く。そんなことになるくらいだったら最初から使わない方がいい。

「儀式やりたくない……」

「だから、なんであんたはそうやって」

「だって、やりたくないんだもの」

　スノーホワイトに伝えた集合場所に向かいながら、二人は似たような遣り取りを何度も繰り返していた。うるるは怒ったり、怒鳴ったり、時には宥めすかそうとしたり、物で釣ろうとして、それでも幸子は「はい」とはいわない。

「プク・プック様のことを信じなさいよ。別にうるるのいうこと信じなさいなんていわないから。あんたはね、装置に魔法使うの。装置が生きようと死のうと別にいいでしょ。そもそも死ぬもなにもない、生き物じゃないんだから」

　うるるはそういう。うるる以外の人もそういう。

　だがイメージが消えてくれない。儀式のことを考えるとどうしても嫌なことばかりが頭に浮かぶ。それは魔法で友達を殺してしまったからか、それとも儀式が本当になにかあるから逃げ出したくなってしまうのか。

「あのねえ。今、危ないってことはわかってんでしょ？　あんたがビビるのはしょうがないにしても、敵がいっぱいいる中で味方はスノーホワイトくらいしかいないの。そういう状況なの、今は。儀式なんかよりよっぽど危ないのよ」

「でも」

「わかった」

うるるは諦めたように何度か頷き、幸子の両肩に手を置いた。

「うるるがプク・プック様に聞いてあげるから。儀式は本当に安全なんですよね、誰も死んじゃったりとかしないんですよねって。無礼なのは承知でね。で、本当は安全じゃないってわかったら、うるるは幸子の味方してあげる。それならいいでしょ？　今は屋敷に戻らないと危ないのよ。スノーホワイトだって、うるるだって死んじゃうかもしれないんだよ？　それは嫌でしょ？」

「それは……うん」

「だったらさ、一緒に帰ろう」

うるるは手を上げ下げし、幸子の肩をぽんぽんと叩いた。

「大丈夫だよ。うるるはね、妹を守るってプク・プック様に約束したんだから。幸子のせいで誰かが不幸になったなんてことになったら、幸子だって嫌な気持ちになるでしょ。だったら、そんなことになんてさせないよ。うるるが嘘吐いてないのはわかるでしょ？　嘘吐いてたらうるるのこと無駄に信じたくなるじゃない」

「うん……」

「だから、今は帰ろう。その後のことは帰ってから考えよう」

うるるは殊更に明るくそういった。

幸子はうるるから目を逸らして足元を見た。倉庫の床は重い物を引きずった跡が入口から端まで続いていて、その先はびっしりとヒビ割れていた。

◇うるる

プク・プックにメールを送った。

隠れていた場所を敵に知られてしまったこと、敵は数が多く、屋敷の周囲もたぶん見張られているから出入りには注意した方がいいとスノーホワイトがいっていたこと、幸子も自分もまだ無事でいること、スノーホワイトとは一時的に別れたけどこちらも無事でいること、これらの情報をメールにぶち込んで送信した。

すぐに返事が来た。うるると幸子の身を案ずる内容だった。

文体は軽い調子だったが、プク・プックの顔を脳裏に思い浮かべ、うるるの胸は痛んだ。プク・プックに心配をかけてしまっている。誰よりも優しく、誰よりも他人のことを思う、それがプク・プックだ。長年仕えてきてプク・プックの思いやりを感じることは何度もあった。

なるだけ早く状況を打破し、プク・プックに安心させてあげたい。

そのためにも全力を尽くす。

敵の襲撃、ソラミの死、そういったものが次々にやってきて心が揺らいでいた。その揺らぎを抑えるためにプク・プックのメールは効果があった。できれば声を聞きたかったが、贅沢は敵だ。正直なところ、今度こそ援軍を期待していたというのもあったけど、やっぱり贅沢は敵だ。

幸子を先導し大きな道や人通りの多い場所を避け、なるだけ人気のない路地を選んで通り、一度外れてしまえば、あとはとにかく細い道、時には線路の上を走ったり、大型トラックの下部に取りついたりと工夫を凝らし、街外れの倉庫街にまでやってきた。

ここには倉庫が並んでいる。四角く飾り気のないごつごつしたコンクリートの建物が延々と並び、見分ける方法は倉庫に書かれたナンバーくらいしかない。鼻を鳴らせば潮の匂いが香るくらいには海が近いけれど、船が積み荷を降ろしているような所は人が多い。うるるは倉庫の間をジグザグに縫って走り、海からも離れたD82倉庫の扉に張り付き、ノックした。

倉庫の位置もノックの合図も相談していなかったことだ。だが、スノーホワイトが相手なら声に出して伝える必要はない。逃げていくうるるの心を読み取ってくれるし、合図を決めることなくただノックするだけでもうるるが来たとわかってもらえる。

扉が内側から重々しく開き、人間一人分の隙間ができると同時に身を滑らせ、待たせていた幸子を中に招き入れて、即扉を閉め、鍵をかけ直す。倉庫の中には明かりの一つもない真っ暗闇だったけれど、魔法少女同士であれば困ることなんてなにもない。

「そっちは？」

「まいてきました。ただ、また匂いを辿ってくるかもしれないので定期的に場所を移動した方がいいとは思います」

「こっちはプク・プック様にメールを送ったよ。励ましのお返事をいただいた」

「そうですか……」

「うん……」

やっぱり援軍は来ない、ということをがっかりされ、それは見ていればわかったけれど、今のうるるは「無礼者め！」と咎める気になれない。

幸子は倉庫の床にへたりこんだ。疲労しているようだ。無理もない。

うるるはスノーホワイトを見た。見てから「これじゃまるで助けて欲しがってるみたいだ」と思ったけれど、見てしまったことはもう取り消せない。

急にスノーホワイトが動きを止めた。表情も、体も、少しも動かない。

集中してなにやら考え込んでいるようで、うるるはなんとなく居住まいを正した。

◇CQ天使ハムエル

考えに考えた末、諦めた。

これまで、幾多の窮地を知恵を絞って乗り越えてきたハムエルだが、やってやれることとやれないことがある。これはやれないことだ。

せめてシャッフリンの数が残っていれば、と思うが、地獄から蘇ったシャッフリンハンターともいうべき存在によってW市内のシャッフリンは壊滅状態に近く、とにかく逃げろと指示を出すことしかできないでいた。空から戦場を見渡し指示を出すはずのハムエルは、敵にW市上空を制圧されてしまったため、ビルの屋上に隠れているだけの存在になった。

全滅したわけではない。だがここから逆転勝利は不可能だ。

諦めはしたが、それはあくまでもプレミアム幸子の奪取についてだ。ありとあらゆるものを諦めて首を差し出すためにおめおめと帰還するつもりはなかった。ここで実をもぐことができなければ、後々で収穫するため種をまいておく。いつ収穫出来るかわからず、それどころか収穫する前に芽が出ないかもしれないし、芽が出ても花が咲く前に枯れてしまうかもしれない。しかしたとえ枯れてしまっても、種をまかないよりはまくべきだ。

ハムエルは何度から身体を揺すり、機械と壁の隙間から抜け出した。胸、肩、尻、背中と叩いてパラパラと埃を落とし、屋上から身を乗り出して下を見た。

日も落ちた。自動車のヘッドライトが行き来している。屋上の外周をぐるりと回り、下だけでなく上も見上げ、しかしなにか特別なことがあるわけでもない。

生き残ったシャッフリンからの報告は、どうやら正しい。羽を持った悪魔がW市内から消えている。どうせならここまで戦力が減る前にいなくなって欲しかったものだと嘆息し、気を取り直して通信機のマイクを取り上げた。

何を話すべきか、頭の中で整理する。屋上の縁に腰掛け、通信機のボリュームを上げる。ターゲットはスノーホワイトだ。

「聞こえますか……聞こえますか……」

聞こえているはずだ。それがハムエルの魔法だ。この声を遮ること、聞かずに済ますことは不可能だ。

「今、あなたの頭の中に直接話しかけています」

相手の反応が見えないのが残念だ。同じ話しかけるにしても、望遠鏡で表情を見ながらできればよかったのだが。

「私はシャッフリン達を率いている者です。……あ、念の為に申しますが、ジョーカーではありませんよ」

声にできるだけ、誠実で理性的な響きを含ませる。

「私の魔法はこの通り、一方的に声を聞かせることができます。申し訳ありませんがそちらで話していただいても私には聞こえませんので悪しからず。耳を塞がれても無駄ですよ。

大変恐縮ですが、害はありませんので、しばしお付き合いください」

　相手があの「魔法少女狩り」だと考えると、少し緊張する。シャッフリンに対して命令を下すのとは訳が違う。

「さっきまで交戦していた相手として、あなた方の戦いぶりに敬意を表します。大変に残念ですが、今回は諦めて撤退させていただきます。これ以上戦っても全滅は必至ですから。間違いなく失態ではありますが、せめて上司に言い訳がきくよう、帰る前にあなたとお話ししておきたいと思いまして。個人的にあなたに対して敵意はありませんし」

　嘘は吐かない。下手な嘘は自分の首を絞めることになる。真実を全部さらけ出していくのがハムエルのスタイルだ。ただ、慎重に相手をチョイスする必要はある。

「それどころか、積極的に仲良くしたいと思っているくらいです。先日、あなたはオスク師の現身であるグリムハートを倒しましたね。あの戦いは我々にとっても貴重なデータとなりました」

　在りし日のグリムハートを思い浮かべる。味方にするのも敵にまわすのも、絶対に嫌だと思った相手だ。グリムハートが出し抜かれたと知った時には、ハムエルはもちろんのこと、派閥全体がひっくり返るほどの驚きに包まれた。おそらく、他派閥よりも身内のほうが驚いたのではないだろうか。

「グリムハートの開発コンセプトは『自動的なコミュニケーションの拒絶』でした。これはある魔法少女に対する対策として考えられた魔法です。その魔法少女というのは、現在のあなた方のトップであるプク・プックです」

今回スノーホワイトは、プク・プック派に与して動いていた。だが、過去にそのような記録はない。臨時雇いか、あるいは派閥入りしてごく間もないと思われる。それなら、まだ間に合う可能性がある。

「順を追って説明しましょう。三賢人ともなれば直接顔を合わせることなど滅多にありません。直接合わせるような顔があるかどうか私は知りませんが、まあこれはどうでもいいことですね。ともかく、なにかしらの折衝《せっしょう》一つするにしても現身を使うことになります。ある時からプク派は主の名を冠した魔法少女、プク・プックを使うようになりました。そしてその時以来、交渉事ではプク派がより多くの益を得、損を被る時はより少なくなるようになったのです」

一方的にしゃべり続ける。喉が渇いてきたように感じるが、もちろん気のせいだ。

「オスク派は手を変え品を変え魔法少女を変えて交渉に臨みましたが、プク・プックを相手にするとどうしても上手くいきません。それだけではない、交渉に赴いた魔法少女に聞いてみると、誰も彼もが驚くほどプク・プックに好感を持っていたのです」

ハムエルも一度だけ、会議に付き添った際、遠くからプク・プックの姿を見たことがある。一目見て非常に好印象を抱いたのを、しっかりと覚えている。

「それから千回、一万回と交渉を繰り返し、オスク派は統計をとりました。実験的な手法を混ぜてみたり、現身の魔法少女を交代させたりし、最終的に出た結論はこうでした。プク・プックの魔法は『与える印象を捻じ曲げる』と」

スノーホワイトはどんな表情をしているのだろう。思わず想像しそうになり、首を振って集中を取り戻す。

「悪印象を与えるような発言、無礼な振る舞い、これら全てを捻じ曲げ、相手はまるで自分が尊ばれているかのように感じ、プク・プックに好感を抱くのです。たとえ敵対者であってもプク・プックと会って話をすれば友人になってしまいます」

少しだけ間を空ける。しっかり聞いてくれているだろうか。聴衆の反応がわからない演説は、なかなか慣れないものだ。

「その時から三賢人同士、もしくは現身同士で話し合う場にプク・プックを出さないという決まり事ができました。二対一であっさりと可決されましたからね。プク派からは文句というより言い訳じみたことをいってきたらしいですが、声を大きくして反論しなかったあたりは、やはり反則ギリギリという自覚があったのでしょう」

シャッフリンが、撤退準備が完了したと合図を送ってくる。片目を瞑って了解を伝え、もう少しだけ通信を続けることにする。

「プク・プックの魔法については間違っていないと思いますよ。言葉でどれだけ飾り立てようと、それこそスノーホワイトさんのように心を読もうと、伝わってくるのは気持ちの良いことばかりです」

ハムエルは立ち上がった。そろそろ締めに入ろう。

「ですから、気をつけてください。あなたがプク・プックに抱いた共感、信頼感、愛着、そういったものは全て、プク・プックの魔法に起因するものかもしれません。あるいは、今更いっても詮無きことかもしれませんが」

忠告は以上。こちらの好感度を上げるため、更にお得な情報も差し出す。

「そうそう、害意が無い証拠に良い事を教えてあげますよ。我々以外にいた勢力はどうやら撤退したようです。タイムリミットでもあったのか、それとも別に理由でもあったのかは知りませんが。まあ撤退したふりをして見張っていたりするかもしれませんので、そこは自己判断でご注意ください」

第三陣営の撤退は、九分九厘フェイクではないと考えている。ただ、更に注意を喚起しておく。

「あの方達は随分と良い索敵を使われているようで、街中でシャッフリンが狙い撃ちにされました。その時の傾向的にですね、どうやら大きな通りや繁華な場所、人の集まる施設等を中心に見張っていたようです。そういった場所に配置したシャッフリンが軒並み襲われましたので、そういう場所にはあまり近寄らない方がよろしいかと」

相手の反応はわからない。だが、「刺さった」という手応えを感じなくもない。もちろん妄想に過ぎないかもしれないが。

「では長々と失礼しました。お前の長広舌《ちょうこうぜつ》のせいで夜眠れなかったなんて怒られてはかないませんのでこの辺で。次にお会いする時はぜひぜひお味方で。オスク派はあなたを歓迎します。グリムハートなんて私は嫌いでしたよ、ええ」

通信を切った。

だいたい真実を話したつもりだ。ハムエルは嘘を嫌う。誰かを幸せにする嘘というのは難しい。真実を話して幸せになる方が簡単だ。

スノーホワイトはプク派に所属していたとしても間もなく、プク・プックの力を長く浴びてはいないはずだ。ほんのちょっとした疑念の種くらいにしかならなくても、なにも無いよりきっと意味がある。

プク・プックが一切援軍を出さなかったのはハムエルから見ても違和感があった。謎の勢力の撤退といい、ハムエルが知っている以上になにかが起きている。案外、本当にスノーホワイトと協力する未来は近くに来ているのかもしれない。

◇スノーホワイト

声が聞こえなくなった。

相手の意図はどこにあるのか。いっていることをそのまま信じればいい、というわけではもちろんない。かといって一切信じなければいい、というわけでもない。「声」のいう理屈で疑えば、誰であろうと疑えるし、スノーホワイトの魔法は自分自身でさえ信用できないものになってしまう。

うるるや幸子、ソラミがプク・プックに懐いているのは、プク・プックの人格に因るものだと思っていた。しかし「声」のいう通り、三賢人の現身の魔法であれば、十年単位で誰かを誑《たぶら》かすくらいは簡単にやってしまえるだろう。

プク・プックに疑わしい要素が無いかといえば、そうでもない。頑なに援軍を寄越そうとしないのは何故なのか。三賢人の現身ともなれば部下は大勢いるはずだ。屋敷の中だけでも相当数の魔法少女の心の声が聞こえてきた。幸子を本気で取り戻したいというのであれば、それらの魔法少女を援軍として派遣してくれればいい。

幸子を本気で取り戻したくはない？

それはそれでおかしな話になる。うるるやソラミはなんの嘘も吐いていない。外部のスノーホワイトまで使って幸子を探しに行かせ、それで取り戻したくないとはどういうことになるのか。

自分の考えていることまで、心から困っていることや、こうなって欲しくないと意識せずに思っていることまで含め、全て偽るということができるだろうか。三賢人の現身であれば、できる、という気はする。スノーホワイトが他に会ったことのある三賢人の現身、グリムハートは魔法を解除するまで一片たりとも心の声を聞かせなかった。

スノーホワイトは腕章を握る手の力を強めた。

幸子は儀式を嫌がっている。嫌がりようは尋常ではない。自分が儀式に加われば必ず誰かを不幸にする、といっていた。プク・プックはそんなことを考えてはいなかった。儀式によって誰かが犠牲になるのは彼女の望むところではなかった。プク・プックの人となりを知る幸子だってそれはわかっていただろうに、彼女は嫌がっている。ただ臆病だからなのか。それとも幸子はなにか感じるところがあるのか。

スノーホワイトは幸子を見た。幸子はここに来てから一言も口をきかずに黙りこくっている。遊園地で見た時は精一杯身体を小さくして暗がりでしゃがみこんでいた。今は身を縮めようとしているわけでもないのに、あの時よりも小さく見える。くるりと巻いた前髪がしょんぼりと垂れていた。

「……スノーホワイト？　どうしたぽん？」

「どうもしてないよ」

「どうもしてないって……本当に大丈夫なの？　なんかぼーっとしてたみたいだけど」

「大丈夫です」

時間は無い。オスク派の流言飛語を真に受けている暇も無い。ぼやぼやしていればダークキューティーがここに来る。スノーホワイトがしなければならないことはいつだってたくさんあった。今もたくさんある。

◇ブルーベル・キャンディ

プフレという車椅子の魔法少女が人事部門の長をしているという話は聞いていた。スピード出世を果たした者は、妬まれるにしろ羨まれるにしろ話題になる機会は多い。噂話をするような友達なんていないブルーベルでも知っているくらいだから、けっこうな有名人だと思っていい。

プフレはじっとブルーベルの顔を見詰め、ブルーベルは杉木に隠れて顔を半分だけ出した。失礼かもしれないけれど、怖さの方が先に来る。

「あの……な、なにか?」

「君は嘘を吐くのが下手……いや、そもそも嘘を吐けないだろう」

「いいえ、確かに……まあ、嘘は下手だと思います、けど」

会ったばかりでどうしてそんなことをいわれるのかわからない。

「良いことだ。嘘吐きはろくなことをしないからね。研究部門は良い魔法少女を雇った」

「え？　私のこと、知ってるんですか？」
「そりゃ君。私は人事だもの」
「あ……そうでした」
プフレは右車輪を軸に車椅子を回転させた。空を見上げている。
「山とはいえ、街がそこにあるせいで星が美しく瞬く、とまではいかないな」
「はあ」
話しているだけでも気疲れする。偉い人と話すのは苦手だった。小学校の時、掃除の担当が校長室になった時、嫌でも校長先生と話す機会が多くなって、あの時は本当に疲れた。
プフレは偉い人というのを抜きにしても疲れる気がする。
せめてデリュージがいれば違うかもしれないのに、デリュージはいない。突然やってき
たプフレと何事か会話を交わし、デモンウイングを引き連れてどこかに飛んで行ってしま
った。一緒についていこうとしたブルーベルは蹴り落とされ、「どこにも行かずそこで待
っていてください」と丁寧語で命令され、プフレと一緒に待つことになった。
ついてくるなというのはとても悲しい。でもどこにも行かず待っていろというのは少し
嬉しい。デリュージがブルーベルを必要としてくれているのかもしれない、と思わなくも
ない。他所に行って有る事無い事話して欲しくないだけ、なのかもしれないけれど。
夜の山には誰もいない。車が通れる道も無いし、登山道さえ無い。獣道だってちょっと

見回したくらいじゃ見つからない。魔法少女が二人きりいるだけだ。

「君は研究部門でデリュージと知り合ったのかい？」

プフレは唐突に質問をする。心臓に悪い。ブルーベルは必死で心を落ち着けた。

「はい、まあ、そうです」

「なぜデリュージと行動を共にしている？」

「一人に、しておけなかったから」

「なるほど。確かに一人にはしておけないな。しかし部外者が一緒にいるといろいろ困ったことになるじゃあないか。知られたくないことだってたくさんあるのに」

口封じという言葉を思い浮かべ、ブルーベルは震えあがった。人事部門の長というプフレの地位は時代劇か刑事ドラマにしか出てこない浮世離れした言葉に現実味を与えてくれる。滅多にないことでも全然嬉しくはない。

「あの、あの！　私、別に、他所で話したりとかしないんで！」

「君は嘘を吐かないからそういうだろうね」

ほっと一安心した。

安心すると他に心配しなければならない人のことを考えたくなってしまう。

「あの……」

「なにか？」

「デリュージちゃん、どこに行ったんですか？　戻ってくるんですよね？」

「それが彼女の本意かどうかはともかく、戻ってはくるだろうね。今のプリンセス・デリュージは危険に対して敏感だ。危険だからこそ立ち向かおうとする相手もいようが、向かった先にいるとも思えない。もう少し鈍感であれば、発信機でも取り付けてどこに行くかを知っておきたいところだが、下手に小細工をすると露見してしまうだろうね。そうなればどうあっても信頼を損なうし、それは私の望むところではない」

「危険？　デリュージちゃん、危ない所へ行ったんですか？」

「せっかく長々話してあげたのに、君は自分が知りたい部分にのみ食いつくな」

「あ、いえ、すいません」

プフレは再び空を見上げた。ブルーベルは「この人、顎先のラインが綺麗だな」と場違いな感想を抱いた。

「来る」

「来る？」

鳥の声が聞こえ、ぎょっとしてプフレに身を寄せた。フクロウか、それとも他の種類の鳥か。都会生まれ都会育ちのブルーベルには鳴き声で鳥を判別するスキルが無い。

「来る、というのは鳥のことではないからね」

「鳥じゃない？」

しげみが、がさっ、と音を立てた。

ブルーベルは小さく悲鳴をあげてプフレにしがみついた。

「みっちゃんは残念だった」

「……ええ」

「まったくねー。みっさんだけは殺しても死なねーって思ってたのにさ。私やリーダーの方が長生きするなんて神様も予想外の真似してくれやがりますよ。ああ、この場合は神様ってより死神様ってことになるんすかね」

影に溶け込むような魔法少女はダークキューティー、眼鏡の魔法少女はグラシアーネだ。グラシアーネはなんとなく安心しているように見えた。ダークキューティーの方は不機嫌だった。初めて会った時から言葉少なではあったけれど、今は口数が少ないというよりむっとしている感じがする。

もう一人いた学者帽の魔法少女、物知りみっちゃんはいなくなっている。「みっちゃんは残念だった」というプフレの言葉でなにがあったかは知れた。あれだけ激しく戦っていたということは、そういうことなんだろう。寒気を感じるのは季節柄でも場所柄でもない。一歩間違っていればデリュージがそうなっていたかもしれなかった。ひょっとしたら、一歩間違っていればそうなった、ではなく、運よく生き残った、のかもしれない。

「デリュージさん、いないみたいだけど。どこ行ったたん？」

「デリュージは重要な人物の無事を確認に出ている」

「重要な人物っすかあ。なんか随分とこう匂わせてくるなー。それってプレミアム幸子よりも重要な人物ってことでオッケーなんです？」

プフレは微笑んだ。

ダークキューティーが眉を顰め、グラシアーネのにやついた顔が真顔になった。ブルーベルは両腕を抱いて体の震えを止めようとした。身体が、腕が、冷え切っている。プフレの微笑みには苛立ちと怒りがたっぷりと込められていて、でも微笑んでいた。

「恐らくはもう間に合うまい。我々は後手に回った……回らされた、か。ここから取り戻そうとすると馬車馬のような働きと綺羅星《きらぼし》のようなひらめきが必要になる。おっと、グラシアーネ。君の眼鏡でデリュージの後を追おうなどと考えてくれなくていい。我々はいよいよもって強く手を取り合わねばならないのだから」

◇スノーホワイト

倉庫を出ると日はとっぷりと暮れていた。夜闇に紛れて行動する魔法少女の時間だ。

ただしダークキューティーにとっては有り難い時間ではない。猟犬を作って探索をするにしろ、自前の光を用意しなければならず、遊園地で使ったようなライトで自分を照らして夜道を歩けば嫌でも目立つ。

作戦はこうだ。

スノーホワイト一人が人間に戻り、公共の交通機関と徒歩を併用して屋敷へ向かう。その間、幸子とうるるは袋の中に入っていてもらう。うるるは「信じてるからね」と袋に飛び込み、嫌がっていた幸子も「あんたいい加減にしなさい」と引きずり込まれた。

敵はスノーホワイトの姿を知っていても姫河《ひめかわ》小雪《こゆき》の姿を知りはしない。この姿で市内を闊歩《かっぽ》しても咎められることはない。ファルは小雪の懐で周囲の魔法少女反応を探知し、いざとなれば即変身させる。ファルはスノーホワイトと変身機構を共有している。魔法少女の襲撃に対し、人間の反射神経では察知した時にはもう遅い。だからこそ戦場で人間に戻る魔法少女などいない、といわれている。その点、ファルならばナノ秒単位で対応できる。

姫河小雪は限界ギリギリまで屋敷に近づき、状況次第ではそこで変身し、時間を稼ぐ。うるるも袋から出て一緒に暴れ、敵が怯んだところで幸子を出し、自力で屋敷に飛び込ませる。さっきまで無関係な女子高校生と思っていた相手が突如魔法少女に変身すれば、相手に「虚」が生まれる。その「虚」を突く。

影の猟犬を使用したダークキューティーの尾行は懸念材料だったが、夜になれば自由自在に尾行するというわけにはいかない。倉庫時点で追いつかれていない、ということは、交通機関を利用すれば更に間を広げることができる、ということだ。

電車、バス、と乗り継いで市の中心を目指す。この時間帯でも小雪のホームとしているN市より人通りが多い。それだけ魔法少女が紛れられるということでもある。ファルは限界まで索敵範囲を広く取り、周囲を警戒したが、ここまではなにも無い。

人が多いということは、電車の編成、本数、それらが多いということでもある。電車の待ち時間が一時間近くになったり、ということもない。スムーズに移動し、ここまでにすれ違った魔法少女の一人さえいない。

「魔法少女反応、ないの？」

「スノーホワイトだけぽん」

「本当に？」

「嘘吐いてどうすんだぽん」

「トランプの兵士も、黒い影も、ここまで一度も近寄ってないの？」

「屋敷の周囲に戦力集中させてるってことじゃないぽん？」

「嫌だね」

「スノーホワイト。無理だと思ったらただの通行人のふりして通り過ぎるぽん。命かけてまでやろうとしちゃダメぽん。そこまでしてやらないといけないことなんてないぽん」

あれほどいた敵がいない。屋敷の方に近づいているのに、すれ違うこともない。「声」が敵勢力が撤退したと話していた。あれは真実だったのだろうか。うるる達も合流場所に戻ってくるまで敵の姿は一度も見なかった、と喜んでいた。

スノーホワイトはごく自然な足取りで歩道を歩いていた。屋敷に近づいている。新たな魔法少女反応は無し。プク・プックの屋敷の瓦屋根が視認できる。

「……なにもないぽん」

「囲みがない？」

「だって、反応が」

シャッフリンだろうと悪魔だろうと近寄れば反応がある。魔法少女ならもちろん反応する。出入り不能なほど屋敷近くで張っているという予想が肩すかしになったが、喜べない。なにかあるのではないか、という気しかしない。

「油断はしちゃ駄目ぽん。まだ走らないで、歩くぽん」

「了解」

新たな魔法少女反応無し。屋敷が近づく。気が急《せ》いている。焦ってはいけない。慎重にいく。ファルに頼んで魔法の端末から屋敷にメールを送ってもらった。幸子を連れてすぐそこまで来ている、という簡潔な文面だ。援軍は来なかったが、門を開けて出迎えを出すくらいはしてもらってもいい。

「新たな魔法少女反応無し、魔法少女反応なし、魔法少女反応――あり！　範囲内に入った魔法少女が真っ直ぐにこちらへ接近しているぽん！」

ファルはスノーホワイトを変身させ、

「魔法少女反応、スノーホワイト以外に一名！」

スノーホワイトが走った。袋からうるるが飛び出し、追い縋《すが》る。

屋敷の白壁はもうそこにある。ほんの少し手を伸ばせば届きそうな距離だ。ここで邪魔をされなければ、あとほんの一足でプレミアム幸子を無事に帰還させることができる。と、スノーホワイトは速度を弛めた。後ろを走っていたうるるが転びそうになり、足をもつれさせて「ちょっと！　なにしてんの！」と抗議した。うるるの抗議に構うことなくスノーホワイトの足は動きを走行から徒歩へと変化し、やがて止まった。

十メートルの距離に魔法少女がいる。よく知っている魔法少女だ。高歯の下駄、手裏剣の髪留め、忍者モチーフのコスチューム、隻眼隻腕でアームカバーを風に泳がせている。事件に巻き込まれ、行方不明になったはずだった。スノーホワイトがどれだけ探しても見つけることは叶わなかった。街灯の灯りに照らされ、右半身が薄い黄色に染まっていた。

「……リップル」

「久しぶり、スノーホワイト」

懐かしい、懐かしい顔が、微笑んでいる。

スノーホワイトは一歩踏み出した。手が震えている。

「スノーホワイト？　あれ本当にリップルぽん？」

「リップルだよ……リップル、リップルだ。心の声が」

声が聞こえる。リップルの声だ。スノーホワイトは駆け出し、リップルにしがみついた。リップルはしっかと抱きとめ、スノーホワイトの背を優しく撫でた。手の感触もリップルだ。

「リップル！　なんで！　どうして！　今までどこに！」

「ごめんね、スノーホワイト。　どうしても……」

困惑気味のうるるが駆け寄り、「なんなの？　知り合い？」と呼びかけた。ファルが「行方不明だった友達ぽん」と答えてくれた。

リップルはスノーホワイトを撫でていた手を止めた。

制止することができなかった。リップルはスノーホワイトを抱きとめたままでスノーホワイトが腰に提げた袋へ手を伸ばし、突っ込んだ。リップルが袋から手を出した時には、喉元を押さえられて苦しげなプレミアム幸子が掴まれていて、あっと思った時には血が降り注いでいた。

プレミアム幸子は喉を押さえて地面に倒れた。うるるが悲鳴をあげた。スノーホワイトは呆けた顔でリップルを見上げ、リップルは驚愕に歪んだ顔で赤く染まった自らの右手を見ていた。

リップルの心の声が聞こえる。混乱していた。リップルの心は、これは――

「なんで……なんで、こんな……」

うるるが奇声を上げて銃を振りかぶり、リップルを殴りつけた。

リップルは殴られるままに顔面で銃尻を受け、転がり、うるるはさらに一撃入れようと踏みこみ、スノーホワイトがリップルとうるるの間に立ちはだかった。

「邪魔をするな！」

うるるが叫び、スノーホワイトを殴りつけ、スノーホワイトはうるるの銃が振り下ろされる前に止め、リップルを振り返った。

「リップル！」

驚きに歪んだリップルの表情は悲しみに転じ、怒りに変化し、後ろを向いた。

「リップル！」

返事はない。リップルが駆け出していく。心の声だけが届く。リップルのしたことが、リップルのさせられたことが、スノーホワイトの中に流れこんでくる。リップルの心が叫んだ。もうスノーホワイトと一緒にいることはできない、と。

「幸子！　幸子！」

うるるの叫びで現実に引き戻された。プレミアム幸子は変身が解除され、血の海の中に突っ伏して人間に戻っている。

「治療を！　治療するぽん！　まだ間に合うかもしれないぽん！」

ファルが叫んだ。スノーホワイトとうるるはハッとして顔を見合わせ、二人で幸子を担ぎ上げて屋敷の方へと走り出した。

幸子の身体から体温が抜けていく。鼓動も呼吸も止まっている。

どうしてリップルは屋敷の前で待っていたのか。リップル以外に魔法少女がいなかったのはなぜなのか。どうしてリップルがこんなことをしてしまったのか。やってしまった後で自分のしたことを信じられないという表情で見ていたのはどうしてか。

考えても考えても纏まらない。屋敷の門が重々しく開かれ、二人の魔法少女は争うように門の内側へと飛び込んだ。

鎧はボーナスゾーンやワープポイントといった、普通にゲームプレイをしていただけではなかなか気付くことができない要素を熟知していた。ゲームをやり慣れていれば猿でも覚えられるというものではない。コミュニケーションをとることが難しいというだけで、知性は人間並にあると見てよさそうだ。

シャドウゲールは純粋にゲームを楽しんでいるふりをしていた。時折ゲームに没頭して自分の置かれた状況を忘れたりすることもあったが、概ねふりだった。

鎧が人間並の知性を持っているのであれば、ゲームをしながら目を盗んでテレビなりゲーム機なりを改造するというのは不可能だ。シャドウゲールは魔法による機械類の改造ができる。とはいえ、不可能を可能にするわけではない。

鎧がこの場に留まる限り、シャドウゲールに解放の機会は訪れない。では、どうすれば鎧はこの場からいなくなってくれるのだろうか。ゲームオーバーになっても再開するだけだろう。それでは意味がない。

画面内では二人のキャラクターが水中ステージで泳ぎながら火の玉を発射していた。

ゲーム機が使用不能になってしまえばどうするだろう。

シャドウゲールはゲーム機を見た。当たり前だが、古い。汚れているし、主電源のスイッチ部分が欠けている。ちょっと押せばそれで壊れてしまいそうだ。昔のゲーム機はほんのちょっとの衝撃で動かなくなるもの、ということをどこかで聞いた。

たとえば、ここでシャドウゲールがゲームに熱中してコントローラーを振り回していたとする。コントローラーを振り回していたシャドウゲールは思わずバランスを崩してしまい、転ばないよう手をついた場所がゲーム機だった。ゲーム機はシャドウゲールの体重に耐えられず壊れてしまう。だが大丈夫。シャドウゲールは機械類の改造を得意とする魔法少女だ。壊れたゲーム機を直すくらいはすぐにやってのける。

おお、と思わず声が出た。変に思われはしなかったかと隣を見ると、鎧はゲームに集中してテレビ画面に向かっている。

シャドウゲールもゲーム画面に目を向けた。このやり方ならごく自然に、鎧と同席しながらゲーム機を改造することができる。一見普通にゲームをやれているように見えて、実は外部へ救援を要請できるような改造をすれば、シャドウゲールは救われる。

――これでいこう。

まずはシャドウゲールがコントロールを振り回すくらいに熱中してもおかしくはない場

所に行かなければならない。逸る心を宥めつつ、ボスステージの最終エリアに到着するまでは普通にゲームを楽しんでいるふりをする。

シャドウゲールも大分ゲームに慣れてきた。それに魔法少女の反射神経は単純なアクションゲームに向いている。敵を倒し、トラップを回避し、ボスの住処にまで辿り着く。おどろおどろしいBGMが流れ、通常的より三回りは大きいボスキャラクターが登場した。

ボスとの戦闘が始まった。鎧の操るキャラクターは見事な動きで攻撃を回避し、的確にボスの弱点ポイントを狙って火球を投げつけ、ダメージを蓄積させていく。ボスのカラーが徐々に薄くなり、残HPが減っていることを現していた。

シャドウゲールは攻撃を受けないよう回避しているだけでよかったのだが、それではオーバーアクションを取る理由にはならない。私だって足手纏いではないんですよ、という感じでいいところを見せようとしたプレイヤーであるふうを装い、敢えて危険な場所へ飛び、跳ね、そこで「おおっと！」と攻撃を回避し、コントローラーを右に大きく振った。次は左に振って、危うく鎧の頭部に命中しかけ、なんとか位置の移動を調整する。

――ここだ！

シャドウゲールの身体がぐらりとよろめいた。もとい、よろめかせた。

右手をついて身体を支えようとする。右手をつく場所はゲーム機だ。右手を出そうとする直前にコントローラーを握っている鎧の姿が目に入った。

シャドウゲールがどれだけ足を引っ張っても庚江《かのえ》のように馬鹿にすることはなかった。画面を指差して隠し装備の在処を教えてくれた。ポイントが偏らないようにするためか、ボーナスステージではシャドウゲールにポイントを譲ってくれた。

束の間、一緒にプレイしていた思い出が蘇る。ゲーム中、各所で親切を受けた。シャドウゲールは意図的なゲーム機破壊によってその親切を踏みにじろうとしている。鎧はきっと悲しい気持ちになるだろう。仲良く協力プレイをしている相手がそんなことをしようなんて思ってもいないだろう。

躊躇しそうになる。手が止まる。シャドウゲールは奥歯を噛み締めた。

自分がいなくなって心配しているであろう人達の顔を思い浮かべる。父、母、友人、あとついでに庚江。自分を守って倒れたパトリシアのことを思い出す。

情にほだされている場合ではない。自分が無事であることを伝え、助けにきてもらわなければならないのだ。

意を決した。

ゲーム機に向けて手を伸ばし、全体重をかけて叩きつけ、しかしシャドウゲールの手がゲーム機に達する直前、鎧がシャドウゲールの手を受け止めた。

ゲーム機は無事だ。鎧はシャドウゲールを元のように座らせ、シャドウゲールは「危なかったな」「ちょっと熱中しすぎたかな」等々呟き、照れ隠しに頭をかいた。相手は戦いを得意とする魔法少女と殴り合えるだけの反射神経を持っていたことを忘れていた。

ボスの体色が薄くなり、やがてファンファーレが鳴り響く。ＨＰが０になったボスの身体が爆発し、ステージクリアの文字が画面に浮かび、止まった。ポーズボタンが押されたのだ。シャドウゲールではない。鎧だ。横目で鎧を見ると、画面ではなく後ろを向いている。シャドウゲールもつられてそちらを見た。

――ん？

気のせいかと思った。そうではなかった。次第にはっきりとした音がここにまで聞こえてくるようになった。足音だ。誰かが階段を下りてこの部屋を目指している。

コントローラーを置き、膝立ちで方向転換した。誰がここに来るのか。シャドウゲールを捕えた氷の魔法少女か。それとも別の誰かか。ひょっとしたらシャドウゲールを助け出すために誰かが潜入したのかもしれない。

足音が近づいてくる。もはや誰の耳にも聞こえるほど足音は大きくなり、止まった。シャドウゲールは緊張を押し殺して扉を注視した。

こん、こん、と扉がノックされ、こちらの返事を待つことなく、錆を擦りながら重々しく扉が開いた。

エピローグ

◇プク・プック

プレミアム幸子《さちこ》は戻ってきただろうか。

それとも捕えられるか、殺されるかしたのだろうか。

無事に戻ってきて欲しい。うるると、スノーホワイトと、一緒に戻ってきて欲しい。結果的に敵がひしめく中に放っておいたことになったけど、それでも心から無事に戻ってきて欲しいと願っている。

儀式はとてもとても重要なもので、だからこそオスク派だって邪魔をしてくる。儀式の成功する確率を上げるために、幸子は非常に大事なパーツだ。幸子がいなければ失われる命は一人だけでは済まなくなる。幸子がいれば、一人で済む。

そんな幸子のことがオスク派にバレてしまったのは、とても残念な出来事だった。誰が教えたのかわからないけど、見つけたらお仕置きをしなくちゃいけない。なんなら二日くらいご飯も抜いたっていいくらいだ。

できることなら幸子には助けを出してあげたかった。幸子のことは好きだったし、幸子がいれば儀式が成功しやすくなるということもわかっていた。でも、幸子だけを見ているわけにはいかなかった。今度の儀式は、すごく大変な儀式だから、いくつものパーツを用意しなくちゃならない。幸子はあくまでもパーツの一つに過ぎない。とても大切なパーツだけど、でも、無いと儀式ができなくなる、ってわけじゃない。

これからプク・プックが迎えに行く彼女は、「必要なパーツ」だ。幸子は「重要なパーツ」だ。必要なパーツがいなければ、そもそも儀式をやることができない。オスク派はぼんやりしているからその違いに気付かない。必要と重要は全然違う。

W市内で大騒ぎが起こっている中、うるるとソラミ、それにスノーホワイト以外のほぼ全員で、「必要な」彼女の行方を追った。いつもいるはずの場所からいなくなっていたから、彼女を探すのは苦労させられた。人と魔法と金をありったけ注ぎこんで、ようやく見つけ出すことができたのだ。

探し出すのは部下の仕事、連れ出すのはプク・プックの仕事になる。どちらもいなければいけない。その結果、幸子を助けに行く人員がいなくなってしまったのだ。幸子と彼女、両方とも欲しいなんてわがままをいっていたら、彼女を探し出すことはできなかったかもしれない。本当に必要なもののために集中して臨むことこそが成功の第一歩だ。欲張りはよくない、と、昔の偉い人もいっていた。

正しい方向にみんなで頑張ったおかげで、儀式のキーパーツである彼女が、もうすぐ手に入る。これでやっと儀式ができる。とてもワクワクしているし、みんなも喜んでいる。

儀式が危険だというやつ、あの装置は全てが解き明かされているわけでないとしたり顔で話すやつ、全てがズレている。プク・プックを点数が稼ぎたいだけというやつ、他人に得点させたくなくて邪魔をしているオスク、全てがズレている。もう、とっくにそんな場合じゃないことを、みんなわからなくちゃいけない。

「魔法の国」はもうどこにも存在しない、ということをきちんと認識していれば、取り得る方法は装置の機動しかないのに。

幸子は戻ってきただろうか。気がかりだ。彼女は泣き虫だから、帰ってきてからなぐさめてあげなくちゃいけないだろう。うるるは、もしかしたら怒っているかもしれない。でも、よく頑張ったねって褒めてあげたら、きっと機嫌を直してくれるだろう。ソラミがいれば一緒に二人をフォローしてくれるだろうに、彼女はもういない。

目的地についたので、プク・プックは車から降りた。

プク・プックは悲しみを抑えこみ、にっこりと微笑んだ。久々に全力で魔法を使っている。新型の悪魔だろうと人造魔法少女だろうと関係ない。羽を持った悪魔数匹がプク・プックに平伏し、剣を持った魔法少女と大砲を持った魔法少女が膝をついた。皆、敵対しているはずのプク・プックを敬慕《けいぼ》の目で見ている。プク・プックのためならあらゆる便宜《べんぎ》を図ってくれる。

門番に玄関を開けてもらい、悪魔に案内されて、プク・プックは階段を下りた。行きつく先には、待ちに待った彼女がいる。魔法を弱めない。彼女もプク・プックと友達になってもらわなくちゃいけない。悪魔は扉に手をかけ、ノブを回した。プク・プックは、少しずつ開く扉の向こう側に微笑んだ。

「迎えにきたよ、シャドウゲールお姉ちゃん」

◇ピティ・フレデリカ

スノーホワイトも良い成長をしているものの、まだ甘さを残している。

ただ、その甘さも悪いものではなかった。

一人の魔法少女が持つ生命、夢、祈り、希望、他の魔法少女から託された想い、それら全てと「その魔法少女によってこれから起こるかもしれない危険」を天秤にかけ、どちらを選択するか悩む、という美しい行為はフレデリカにはできないものだ。一人を殺せば万人が死ぬかもしれないが、なにも起こっていないのにその一人を殺すべきかと煩悶《はんもん》する魔法少女は限りなく正しい魔法少女に近い。

出来得る限り彼女達の選び取った未来を尊重してやりたくはあったが、全てが台無しになってしまうか、それともまだ希望が残るのか、瀬戸際ではあった。殺すことにより未来に希望が残されるのであれば、汚れ役はフレデリカがやる。

フレデリカは右掌を上にしてコーヒーカップに向けた、

「どうぞ、お召し上がりください。特製のブレンドです」

「フレデリカスペシャルですか。髪の毛が混ざっていたりしません？」

「髪の毛を混ぜるだなんて……そんなもったいないことしませんよ。どうせ混ぜるのなら毒でも混ぜておいた方が良い」

「なるほど、もっともです。ではいただきましょう」

勧められた魔法少女は、コーヒーカップに手を伸ばし、持ち手に軽く触れ、甲高い音が鳴った。見れば、持ち手部分が割れてカップから離れてしまっている。

「これは失礼。新しいものと取り換えましょう」

「いえ、このままでけっこう」

掴む、というには優雅な仕草でカップを手に取り、口元へ運んだ。魔法少女は高温にも強い。熱いコーヒーくらいはものともしない。

「これは美味しい」

「でしょう？」

「謙遜しないあたりが貴女らしいですね」

「よくいわれます」

「レシピ、いただけます？」

「ご用意しておきましょう」

床はコンクリート敷、天井には雨漏りの染み、消臭剤と黴《かび》臭さが戦う環境下、家具と食器、それにコーヒーだけは良い物を使っている。かつてアメリカの文豪が使っていた物と同じ白のロッキングチェアが二組、同じブランドの木製テーブルを間に挟み、フレデリカと全体が青い魔法少女がコーヒーを楽しんでいた。コスチュームの青さは鮮やか過ぎて目に悪い。フレデリカの好みからは少々外れる。フレデリカはもっと清楚でおしとやかな色合いを好む。自分自身のコスチュームは清楚でもおしとやかでもない。自分が持たない物であるからこそ他人に求めるのだ。

「しかしカップが壊れるというのは象徴的ではありませんか？」

「良し悪しでいえば悪しでしょうね」

「誤算ばかりでした」

「ええ、まったく」

「もっと早く気付かなければならなかった」

二人は揃って――片方のカップは持ち手を失くしていたが――コーヒーを啜った。

「プレミアム幸子の排除だけでも精一杯でしたからね」

「ええ」

「当初の目的通りとはいえ、こうなってしまっては作戦成功とはいい難い」

「ええ」

「皮肉なものです。陽動のつもりで確保していたシャドウゲールがプク・プックにとっての本命だったとはね」

「陽動のつもりで確保？」

「違いますか？」

「いえ……あなたがそういうのならきっとそうなんでしょう。私はラピス・ラズリーヌがつまらない嘘を吐くような魔法少女でないことを知っていますから」

「随分と大袈裟にお褒めいただきまして」

フレデリカともう一人――初代ラピス・ラズリーヌの本来の目的は、プク派が執り行う予定の儀式を中止させるため、プレミアム幸子を奪うことだった。できれば生きたまま、叶わぬなら殺してでも。そのために、表立って騒動を起こす部隊＝デリュージと、影で働く部隊＝リップルを用意した。プフレを巻きこんだのは、記憶を失って脆弱《ぜいじゃく》な立場にある彼女を、あわよくば巻き添えにしようと考えたからだ。

当所設定していた最大の目的は達成したものの、その後に判明した事実を考えると、やはり作戦には失敗という評価を与えねばならない。

フレデリカは、コーヒーカップを傾けた。

そもそも、目の前にいる魔法少女——初代ラピス・ラズリーヌについても、完全に信用できるパートナーではない。現在のところ利害は一致しているため、一時的に共闘しているが、本当の目的をこちらに明かしていないことをひしひしと感じる。

もっとも、それはお互い様なのだが。

フレデリカはラズリーヌを高く評価していたが、それは、信用、信頼、誠実、正直、そういった方面ではない。

「とはいえ、こうなってしまっては仕方ありません。流石は三賢人の現身と褒め称えておくべきでしょう。プレミアム幸子とて重要な駒だったろうに」

「プレミアム幸子がいなくなったことで儀式の成功率は落ちたはずですね」

「多少成功率が下がったところで強行するでしょうね」

プレミアム幸子発見後もプク派からの援護が一切無いことの不自然さにもっと早く気付けていれば、とは思う。

儀式の性質から目を逸らされていたというのもある。

儀式は「最初の魔法使い」が残した装置を動かす、というのものだ。プレミアム幸子の生み出した一生に一度の幸運によって装置を動かす、のではなかった。プレミアム幸子が生み出した一生に一度の幸運を手にしたシャドウゲールによって装置を改造する、という儀式だった。これなら主体は幸子ではない。シャドウゲールだ。幸子がいなくなっても成功確率が落ちるだけだが、シャドウゲールがいなければそもそも儀式が行えない。

ラズリーヌがどこまでシャドウゲールの価値について考えていたか、なんてことは聞いても教えてくれないし聞かなくても教えてはくれない。

「幸子を囮にして見事にシャドウゲールを奪ったわけです」

「いや……どうでしょう」

フレデリカは両手を開いて見せ、軽く口元を緩めた。

「案外自分の部下と、それにスノーホワイトを信じていたんじゃないですか？　囮というわけではなく、あの人数でも充分だと考えていた。どうせシャドウゲールの方に掛かり切りで他の人員を割くことだって出来ませんしね」

ラズリーヌは手を打った。

「それは新説ですね。採用したい」

「三賢人の現身だってこれくらい人間味があった方が親しみを持てると思うんです」

「同意しましょう」

二人は揃ってコーヒーを啜った。

「それにしても……リップルはあれで良かったのですか？」

「あれが良かったのですよ」

「あれが」

「彼女は私の役に立ってくれましたし、私も彼女に色々と教えてあげることができました。良い関係が築けていたと思いますが、あのままではいけません。私に操られているだけではこれ以上の成長が望めないのです」

　フレデリカは袂から細剣を取り出し、窓から射す光に翳して見せた。

「この剣を別の相手に使えばリップルの洗脳は解除されてしまいます。そうなれば彼女は私の元から去ってしまうでしょう。剣を使わねばならない時も近づいています。リップルとお別れするのは遅いか早いかの違いでしかありません」

「タイミング、というものがあるのではないでしょうか」

「タイミング？」

「よりにもよってリップルに幸子を始末させた瞬間に魔法を解除するというのは、悪趣味すぎやしませんか？」

「なに、ちょっとした悪戯心です」

　スノーホワイトは困っている人の心の声を聞く。

　リップルに幸子を襲わせ、そこにスノーホワイトが居合わせる。直後リップルが正気を取り戻したら、リップルとスノーホワイトがどんなことになるのかと考えたらもう止まらなかった。

悪い癖だ。とても悪い癖だ。しかしピティ・フレデリカという魔法少女は、悪い癖によって構築された魔法少女だ。今更自己嫌悪はしない。

リップルの心の声を聞いたスノーホワイトがどう思っているか、自分が操られてフレデリカのやりたいように動かされてきたリップルが我に返った時なにをするのか、想像するだけでも楽しくなってくる。スノーホワイトは現在、砥石によって磨かれている状態だ。

磨き方次第では壊れてしまう。壊れないよう調整し、フレデリカが仕上げる。

ダークキューティーのように自分本位なのは良くない。自分のためにスノーホワイトがいるのではなく、スノーホワイトのために自分がいるのだ。

「悪戯心で身を滅ぼしても知りませんよ」

「ご忠告ありがとうございます」

フレデリカは細剣をひらめかせて袂に仕舞い、二人は揃ってコーヒーを啜った。

フレデリカの傍らに傅《かしづ》いていたリップルはもういない。

頭を撫でてやるとリップルは喜んだ。フレデリカも髪の感触を楽しみ、双方に得があった。スノーホワイトとフレデリカの関係も同じだ。双方に得がある。だから離れられない。

向こうが離れようとしてもフレデリカがついていく。

役に立つものは、役に立つタイミングまで取っておく。それ以降もとっておくかどうかはそのもの次第だ。今役に立っているからといって、後々手痛いしっぺ返しを受けることが目に見えているのであれば、役に立っているうちから捨てた方がいい、かもしれない。

あとがき

お久しぶりですアニメ。人によってははじめましてかもしれないですねアニメ。私は遠藤浅蜊と申しますアニメ。魔法少女が好きで魔法少女のお話を書いたりしていますアニメ。天職ですねアニメ。

今日はこのあとがきで大変に重要な発表をさせてもらいますアニメ。心の準備ができた方から次行以降の文章をお読みくださいアニメ。

帯に書いてありましたのでお気付きの方がいらっしゃるかもしれませんが、なんと！　なんとなんとなんと！　魔法少女育成計画はアニメ化されることになりました！　じゃじゃじゃじゃじゃーんアニメ！

コミカライズ、ファンブック、ドラマＣＤときてアニメ化ですアニメ。やりましたアニメ。嬉しいですアニメ。今後とも魔法少女育成計画をよろしくお願いしますアニメ。

ええ、さり気無く触れましたが前巻発売からこの本の間までに、コミカライズ単行本、ドラマCD、ファンブックが発売されております。いずれも大変楽しく面白い内容になっております。切なかったり胸がきゅんとしたりすることもありますが、それもまた嬉しさのスパイスだと思えば幸せになれたりするものですよね。

それぞれの紹介や感想をここで書きたいのはやまやまですが、何分スペースが不足しているもので、特設サイト「月刊魔法少女育成計画」やこのラノ文庫編集部ブログを見ていただければ幸いです。

URLアドレスは帯に書いてありますアニメ。

とらのあなさんのグッズセットにも協力させていただきました。魔法少女になってみたい、でも血生臭いことになったら嫌だ、という方にお勧めできるアイテムが揃っています。このグッズセットさえあれば、明日から魔法少女育成計画の世界に飛びこみ、ボスと戦わされるはめになったとしても、生き残ることができるかもしれない、という大変お得なセットになっております。生き残りたい方はぜひぜひ。

ファンブック執筆に参加するにあたり、フレイム・フレイミィをファンブックに出せないかと粘ったらフレイミィがとても好きだと思われたらしく、人気投票の結果が出た時に「フレイミィが0票でしたよ」とにやにやしながら報告され（電話だったので顔は見えなかったけど、もう声からして明らかににやにやしていた）得もいわれぬ屈辱を味わうという二次的被害はありましたが、出来上がったファンブックは大変素晴らしい一冊になりました。悪いこともあれば良いこともあるものです。禍福はあざなえます。

ここまで宣伝しかしていません。恐ろしい話ですね。せっかくだからもっと宣伝します。

魔法少女育成計画既刊の増刷が決定しました。在庫が少なく品薄で「欲しいのに無いぞ！」と嘆いておられた皆様、大変長らくお待たせしました。全国の本屋さんで魔法少女育成計画が平積みにされていたり、なんてことになったりもするはずです。昨日見た夢ではそうだったので、たぶん間違いありません。増刷にあたり、私は誤字の洗い出しをすべく既刊を読み直しましたが、restartの帯で指を切りました。血が出ました。痛かったです。

あとは、えーと、スクールカレンダーとか、他にも色んなグッズの発売が予定されています。これからは魔法少女育成計画コーデが流行ります。今の内に押さえておけば来年のファッションリーダーは確実です。

こう、商業的目的からやっているというよりですね、てめえ一年も休んでなにやってやがるとか怒られないための予防線を張っているというのはしっくりきてしまう感じでしてね、はい、すいませんでした。反省しています。

あとですね、特設サイト「月刊魔法少女育成計画」といえば、オリジナル魔法少女募集とかもやりましてね。素敵な魔法少女をたくさんいただきまして、私は一時期多幸感に包まれて生活していました。

いただいた魔法少女は超人強度にしておよそ七億パワー、だいたい邪悪な神様七人分に相当します。ちょうど新刊（この本です）のキャラクターを作り終えたくらいのタイミングで見せていただきましてね、ネタ被りとかね、そういうのが色々ありましてね。

魔法少女育成計画シリーズを読んで、よしいっちょ魔法少女を応募してやるか！　とまでしていただける方が私と趣味が似ているのはもはや必然ということでしょう。いや本当ありがとうございます。

応募していただいた魔法少女の皆さんが活躍（商業的表現）するのはもう少し先になる予定です。今しばらくお待ちください。重ね重ねありがとうございました。

あ、そうそう。月刊魔法少女育成計画というのはですね、だいたい月に一度更新される（ことになっている）魔法少女育成計画のウェブサイトです。短編が掲載されたり、商品のお知らせがあったり、魔法少女育成計画通信というコーナーで魔法少女狩りのスノーホワイトさんとマスコットキャラクターのファヴ氏が原作では有り得なかった夢の組み合わせで漫才をしたり一方的なバトルをしたりしています。大変楽しいサイトですので、ぜひぜひご覧ください。詳しくは巻末の広告をご覧ください。

さて、前作JOKERSに続きまして今作はACESです。「魔法の国」の根幹に関わってくる今のシリーズ、次の一作がどんなタイトルになるかは今しばらくお待ちください。数行前にも同じことを書いていますが。どれだけ待ってもらえば気が済むのかという話です。本当にね、待ってもらえればそれでいいと思ってるような生き方は駄目だと思いますよ。本当にろくでもありません。

というわけで今しばらくお待ちください。

こう、すごい決着を見せたりしますから。ハードルを上げるだけ上げておけば下をくぐるのが楽になるという先人の有り難い言葉を噛み締めております。

ご指導いただきました編集部の方々、そしてS村さん。今回もまた徹夜させてしまいました。ごめんなさい、そしてありがとうございます。

マルイノ先生、素敵なイラストをありがとうございます。アーマー・アーリィの超カッコいい、カッコ良すぎてこれ魔法少女じゃないんじゃね的な没デザインはいつかどこかで使えたらと考えています。

お買い上げいただきました読者の皆様、ありがとうございました。コミカライズにアニメ、その他の展開もいろいろ予定しておりますので、今後もなにとぞよろしくお願いします。

弱っちい
シャップリン(改)が
いじめられる度、
待て待てエエエい
私が相手になろうっ!!!
という過保護な
気持ちがわいていました。
ダークキューティーのサイン
私も欲しいです。
ありがとう
ございました!!

本書に対するご意見、
ご感想をお待ちしております。

| あて先 |

〒102-8388 東京都千代田区一番町25番地
株式会社 宝島社 書籍局
このライトノベルがすごい!文庫 編集部
「遠藤浅蜊先生」係
「マルイノ先生」係

このライトノベルがすごい!文庫 Website
[PC] http://konorano.jp/bunko/
編集部ブログ
[PC&携帯] http://blog.konorano.jp/

このライトノベルがすごい!文庫

魔法少女育成計画 ACES

（まほうしょうじょいくせいけいかくえいせず）

2015年9月24日　第1刷発行
2024年4月2日　第5刷発行

著　者　遠藤《えんどう》浅蜊《あさり》

発行人　関川 誠
発行所　株式会社 宝島社
〒102-8388　東京都千代田区一番町25番地
電話：営業 03(3234)4621／編集 03(3239)0599
https://tkj.jp

印刷・製本　株式会社広済堂ネクスト

ISBN978-4-8002-4586-1

このマンガがすごい!comics
異世界居酒屋
「げん」
1～11
原作 蝉川夏哉 漫画 碓井《うすい》ツカサ
こちらの舞台は
定価 759～770円（税込）

魔法少女育成計画「赤」
『魔法少女育成計画』から始まった
魔法少女スノーホワイトの物語、
ついに終幕へ！
遠藤《えんどう》浅蜊《あさり》
イラスト／マルイノ
このラノ文庫
定価890円（税込）
宝島社
お求めは書店で。
宝島社
検索
好評発売中！